竜騎士のお気に入り10

竜の祈りと旅立ちの空　特装版

織　川　あ　さ　ぎ

A S A G I　O R I K A W A

一迅社文庫アイリス

CONTENTS

青
久方ぶりに誕生した王竜。
竜の階級の最上位に位置しており、
従わない竜はいない。
メリッサ
辺境伯領の侍女になった少女。
幼い頃から竜が大好きで、
竜達からも非常に気に入られている。
ヒューバードと結婚し、
妻となった。

竜騎士のお気に入り 10

竜の祈りと旅立ちの空

Character

白の女王

ヒューバードの相棒である
白い竜。竜の階級で
二番目に位置しており、
多くの竜達を従えている。

ヒューバード

辺境伯を継いだ青年。
以前は竜騎士隊長として王城で働いていた。
竜が大好きで、竜に愛情を注いでいる。
相棒は白い竜で、
「白の女王」と呼ばれている。

オスカー

イヴァルト王国の王弟で、メリッサの
後見人。紫の竜である「紫の貴婦人」と
絆を結び、竜騎士に叙任された。

用語説明

・竜騎士　竜に認められ、竜と契約を結べた騎士のこと。

・竜　知能が高く、空を飛べる生物。鱗や瞳の色によって厳格に階級が分かれており、上の階級の命令には従う習性がある。

・辺境伯　代々竜に選ばれた者が継いでいる特殊な爵位。竜と竜騎士の管理を行っている。

・コーダ　竜の巣がある渓谷の傍近くにあるため、竜と契約したい者達が訪れる街。辺境伯の屋敷も構えられている。

・クルース　辺境伯領でもっとも栄えている街。領民の生活拠点で、辺境伯家の別邸がある。

・キヌート　竜の渓谷を挟んで反対側にある隣国。

・ガラール　キヌートの隣国。竜の渓谷と接していないため、竜がほとんど飛来していない。

イラストレーション◆伊藤明十

Favorite of The Dragon Knight 10th

序章

あの空……もう、一……度……

前の青の時代、血と炎に塗《まみ》れた地で、ただ一人心に入れた人間の親友を見送った。親友が駆り出され、命を落とすことになった戦は、青の嘆きと怒り、そして主《あるじ》を殺された呪《のろ》いが発動し、戦どころではなくなり、その凄惨《せいさん》な現状からは考えられないほどあっけなく、敵国上層部の壊滅により静かに終結した。

身を切られるようなという言葉ではまだ生ぬるい、みずからの内臓をすべて掻《か》き出され、ごっそりと身を空にされたような、そんな激しい痛みと喪失感に苛《さいな》まれた。そんな状態でも、王であるという理由から、親友のあとを追うことも許されず、ただ見送るしかできなかった前の青は、晩年親友の残した最後の言葉を、ただただ繰り返し思い出し、空を眺めた。

親友とともに笑いながら飛んだ辺境の空。もう一度見たかったのか、それとも飛びたかったのか。青は竜であり、人ではない。どれだけ思考を読もうとも、人が最期の瞬間に無意識に口にした言葉の続きがわかるわけもない。

前の青は、人とは比べることもできないほど長い残りの生を、人の言葉を理解するために費やした。

多くの人々と交流するためには、言葉の壁があった。

親友の息子とも会話できるようにと、その時代最後の大魔道士を名乗る男に頼み、人に言葉を伝えられる杖《つえ》を作らせた。

親友の孫が生まれたとき、人が多くの竜と交流できるように、ねぐらに人の居場所を作らせた。今までは竜騎士にしか許さなかった場所に、人の居場所を作り出した。そこに来れば、竜達と顔が合わせられるように、少しでも多くの竜が、人と出会えるように。

……願わくば、次の青には親友が残した言葉の続きがわかるほど、人の心に寄り添えるように。一人でも多く、人が竜とともに空を舞う日が来るように。

それが、晩年の前の青の、一番強く残った声だった。

前の青の時代のことは、卵から孵《かえ》ってすぐ、白につれられ王竜の寝屋に入った瞬間に、青の中に飛び込んできた。その記憶は青の竜にしか受け取れず、青の竜にしか理解できないものだ。

記憶の塊は、この地に生まれたすべての竜達が残している。死したあとに集まるすべての骸《むくろ》からそれらを吸収するごとにはっきりしていく記憶は、楽しかったことも悲しいことも、すべて大切に竜達が抱えているものだ。

青が生まれてから今まで、あらゆる時代、あらゆる場所の記憶が、青の中には集められた。だがその中で、とあるものがないことに気がついたのは、ごく最近のことだった。

現当主ヒューバード。その兄である先代当主レイモンド。そして二人の父である、先々代の当主エドワード。この三人と絆《きずな》を結んだ竜達の記憶が、この場に残っていなかった。

現当主ヒューバードは、白とともにまだ現役だ。白は青に並ぶ力を持つ竜であるため、白自身が伝えようとしない限り、青には伝わらない。

先代当主レイモンドの竜はこの地で亡くなったが、記憶が伝えられるより早くその身が奪われ、最近になって一部欠損はあるが、ようやく遺骸《いがい》が取り戻された。

青の中には、この竜の姿についての記憶はない。ただ、生まれたばかりの卵であったときに、竜達が代々受け継いできた約束を伝える優しい歌声が記憶にあっただけだ。

ようやく受け取れた記憶と、他《ほか》の紫達から受け取って知ったのは、優しい紫だということだった。翼が育たず、飛ぶのが苦手だった紫。空を飛ぶ竜達をねぐらから見守るのが常だった紫は、同じように自室から空を舞う竜達を見るばかりだったレイモンドに、自分との絆でその命が延ばせるならと、若くして亡くなるだろうレイモンドの運命を知りながら絆を結んだ。レイモンドが竜に乗り、空を舞えたのは人の指に余る程度の回数だったが、その絆は強固なものだったらしい。

卵の時代、優しい声が、お前の羽は大きく育って、どこまでもどこまでも飛んでいけるといいなと歌の合間につぶやいていた。

……その優しい声が、闇《やみ》に染まりひたすら嘆きと呪詛《じゅそ》を繰り返す。

今も寝床の傍《そば》で、研ぎ澄まされた声で嘆き続ける声を聞くたびに、かつての優しい歌を思い起こしながら、少しでも慰めになるように青は歌い続けている。


そしてもう一頭。エドワードの竜は、辺境から遠く離れた戦場で亡くなったらしい。

その遺骸は、騎士であり辺境伯のエドワードの遺体とともに丁重に辺境まで運ばれ、当時の竜騎士達の弔いで送られた。

――今も青が受け取れていないのは、このエドワードの竜である、緑の記憶だった。

他の緑達によって、この竜がどんな運命をたどったのかは大まかにわかる。竜達は、互いの目にしたものを記憶として伝えるため、傍に竜がいた状態ならば、他の竜の記憶で補えるからだ。

しかし、肝心のエドワードの緑は、辺境伯という特殊な存在の竜であったため、単独行動が大変多い竜でもあった。ある意味、それが災いしていると言っていいだろう。

――つまり、その死の瞬間の記憶が、他の竜の目を通しても青に届かなかったのである。

青は、本来あり得ないそれに気づいたときに、同時にもうひとつの事実に気がついた。

この場所は、本来白の治める地であると。

すべての記憶、すべての力を、青が生まれる前に、すでにこの地のもう一頭の王である、白が受け取っていた。

青が成長していくごとに少しずつ記憶を渡していた白。

人がつけたという『女王』の名は、竜達にとっても正しい名だ。本来、女王がいる場所に、王が同時に存在することは珍しい。

その女王が今、満月を背負い、青のねぐらの入り口に腰を下ろしている。どこか泣きそうな顔で、それでも笑みを浮かべるように優しい眼差《まなざ》しを青に向けて。


――『すまない、トリア……もう一度、あの空に……』


それは、白の女王が駆けつけた瞬間耳にした、エドワードの最期の言葉。

エドワードの竜は、空を飛んでいるときに、どこからともなく飛んできた対竜兵器の大型の石弩《いしゆみ》に首を打ち抜かれ、即死した。当然、空を飛んでいたエドワードは竜が息絶えた瞬間、その加護を失い、空に投げ出されて竜とともに墜落して死亡した。

その現場を、白の女王はヒューバードとともに見ていたらしい。

エドワードの言葉は、空中に投げ出され、騎竜の様子からみずからの運命を悟ったその瞬間、口をついて出たものだった。

……ああ、そうか。ただ帰りたかったのか。大切な人がいる、この場所に。

青がそう思った瞬間、青はすべての記憶を白から受け取り、この場から旅立つ日が来たことを自覚した。

第一章　期待と喜びと、少しの暗雲

たおやかな女性の手には不似合いな、黒鋼と青の竜の鱗《うろこ》で作られた飾りを付けた左手で刺繍《ししゅう》用の木枠を手に持ち、その枠に押さえられた青いリボンに、金の糸で丁寧にリンゴの意匠を刺繍していく。

一見優雅なその作業は、優雅という言葉とはほど遠い、渓谷《けいこく》にある竜のねぐらの最奥で行われている。

辺境伯夫人メリッサの、週に一度は行われている恒例行事である。青の竜の寝屋へ招待を受けているという名目で竜との交流を目的にとられた時間だ。

メリッサは、にんじん色の髪をしっかりと後ろにまとめ、貴族夫人としては質素としかいいようのない、しかし竜達のねぐらへの訪問着としては最適なごく普通のエプロンドレスを身につけている。メリッサが身に着けられるのは、青系統、白系統の他《ほか》は黒と赤という、ごく限られた色合いとなるため、この日は水色のワンピースドレスに白いエプロンという、少々幼さを感じさせる装いだ。

青の竜の寝屋の前で他の竜達に見守られ、というか凝視されながら、慣れた様子で先ほどか

ら四本目になるリボンを手に取り、新しい金糸を針穴に通していた。

「次もリンゴがいい？　それともにんじんにしましょうか？」

ギャルゥ！　ルルル
青の竜が、メリッサの手元をのぞき込みながら、うれしそうに答える。

「にんじんね？　わかったわ」

メリッサが笑顔で告げると、青の竜はぱっと表情をうれしそうに輝かせる。

そうして先ほどまでメリッサが刺繍していたリボンを受け取ると、寝屋に飾るためにウキウキとした足取りで洞窟《どうくつ》の中へと入っていった。

青いリボンは、最近青の竜が気に入っている寝屋飾りだ。

布だけだとやはり屋外であるねぐらでは、あっという間に色があせるし布地が傷む。青の竜が小さいころは、汚すたびに洗ってまた飾り付けてとやっていたが、それでも布が傷むことに変わりがないため、最近はリボンなどはしっかり全面に刺繍を入れ、大きな布は端をすべて刺繍で補強してから飾ることにしている。その刺繍を、色あせが少ない金糸によって、青の竜が好きなもので入れてみたというのが最初だったのだが、それを青の竜が気に入って、最近メリッサがここに来るたびに新しいリボンの刺繍をねだられて入れているのだ。

刺繍が完成したら、リボンを飾り結びして、針と糸で形を整えて青の竜が好きな場所にそのリボンを飾る。おかげで、現在の青の竜の寝屋は、どこかのお姫様の寝室かと言われると納得してしまいそうなほどの数のリボンで飾られていて、大変かわいらしくなっている。

他の竜達が自分自身の鱗と、適当に集めてきた、自分の色をしたお気に入りのもので飾る場所を、メリッサが手作りした寝屋飾りで埋めている青の竜は、野生の竜としてはあり得ないような寝屋を持つ竜ということになるが、これもまた仕方のないことなのだ。

何せ青の竜というのは、すべての竜達の王、つまり王竜と呼ばれる竜であるが、その前に、はじめて人の親を持った竜なのである。他の竜達がそれを認め、青の竜が受け入れた時点で、多少他の竜達と寝屋飾りが違っても仕方がないというものだ。そしてその青の竜の親となったのが小花やリボンが好きなメリッサであるのだから、少々かわいらしい花飾りやリボンがあふれかえった寝屋飾りを好きでも仕方がないというものである。

青の竜は、メリッサの細腕でも簡単に抱き上げられていた時代から、気がつけば遥《はる》かに首を上げないと顔も見えないような大きさに育っているが、それでもメリッサにとってはかわいい子供であることに変わりない。

今も、寝屋の方をのぞき込んでみれば、どこに飾るかで悩んでいるのか、うれしそうに飾っては少し離れてしばらく見て、また別の場所に飾っては見比べてと、せわしなく動き回りながら寝屋を飾り付けている。その様子は、小さなころから変わらなくて、とても微笑《ほほえ》ましく感じるのだ。そんなかわいい我が子の部屋を、かわいく飾り付けてどこに問題があるというのか。

大喜びしている本竜にしても、一切の問題を感じていない様子なのだから、これでいいのだろう。

問題があるとするならば、青の竜のまねをして、人の手が入った布飾りを自分も飾り付けてみたいと、王城勤めの騎竜達がみずからの騎士におねだりすることくらいだろうか。

彼らは基本少人数行動の騎士達なので、裁縫なども装備の補修のために一通りこなせるのだが、さすがに刺繍などはよほど本人が趣味としてやっていない限り無理だ。そしてメリッサの知る限り、それを趣味としている騎士は一人もいなかった。

若干申し訳ない気もするが、いざとなれば騎士の宿舎付きの侍女達に、仕事として頑張ってもらうしかないだろう。

ギャウゥ？

いつの間にか、受け取った飾りの位置を決めたらしい青の竜が、再びメリッサの元に帰ってきて、止まっていたメリッサの手元をのぞき込んでいる。

その様子を、近くに寝屋がある上位竜達と子竜達、そしてその子竜達の親がじっと見つめている。

そんな状況でも、メリッサがのんきに刺繍をしているのには、もちろん理由がある。

メリッサが、竜のねぐらに一人で来ることはない。竜に乗れないメリッサが、ねぐらの奥の奥にある青の寝屋まで来るためには、ヒューバードに白の女王で送ってきてもらうしかない。

「ヒューバード様は、お仕事順調かしら」

メリッサは、夫の名をつぶやき、空に目を向ける。

空を飛んでいる竜達が、妙に視線を集中させている地点に、作業中の夫がいることがわかっているためだ。

現在ヒューバードは、このねぐらに張り巡らされていた、密猟者の一団が作っていた道や隠れ家を、すべて潰して回っている。正確に言えば、竜達が正体について理解したため、竜達の目と耳、そして鼻を利用して、ねぐらをすべて探索しているのである。

言うは容易《たやす》いが、この広大なねぐらですべてというのは難しい。今、白の女王がここに住む竜達をすべて動かし、本当にしらみつぶしに調査してはその場所を辺境警備隊の兵士達がひとまず土や岩で埋めているらしい。

それの確認をヒューバードは行っており、地図を片手に竜達とその作業にあたっている。そしてメリッサは、この場所で、竜達が兵士達を気にしてうろうろと工事現場周辺を飛ばないように、注目を集める仕事をしているのである。

事実、他の場所にいる兵達より、竜達はメリッサの作業を見るためと子竜達の警護のために、こちらに視線を集中させている。メリッサは、事実上おとりとしての役割を、ここで果たしているのである。

キキュ！

元気な子竜が、口に何かをくわえて手の止まったメリッサの足下に持ってきていた。

「あ……すごいわ！　上手にとれたのね。すごく大きなトカゲ。私にくれるの？」

キュウ
「ありがとう。でも、人間はトカゲを食べないから、それは親竜に上手にとれたって見せてあげてね。親竜がいいって言ったら、食べていいからね」

キュアー！

メリッサの言葉を受け入れ、大喜びで再びトカゲをくわえて親竜の元へと駆けていった子竜を見送りながら、メリッサはしみじみと感じていた。

昔より、明らかに慣れを感じるのだ。竜の習性も、王城の竜舎に立ち入る許可を得るために勉強したときと、それほど変わったつもりはなかったけれど、日々竜達の傍《そば》で過ごすうちに、より竜達の意思を読み取りやすくなっている気がする。

元々青の竜は、幼いころから明らかに人間の言語について理解しているそぶりがあった。その様子を見て、上位竜は生まれながらにこんなに知識を持っているのかと驚いたのだ。

竜達は、確かにこちらの意思が通じるが、それはあくまで竜が人との付き合いにいかに慣れているかにかかっている。いくらメリッサがお願いしたところで、緑や琥珀《こはく》には、人の言葉はほとんど理解されていない。褒めれば喜ぶし、だめだと言われたら様子をうかがうそぶりは見えるが、言葉を理解してのことではなかった。伝言を頼むにしても、言葉として竜が認識していなければ、伝言もままならない。

だが、最近は、上位竜だけではなく、緑や琥珀の子竜達まで、きちんとメリッサの言葉が通じているような気がするのだ。

それもまた、青の竜の生まれた影響なのかもしれない。

青の竜は、竜達にとって、伝える竜である。すべての竜の記憶を受け取り、それを竜達に理解できるよう伝えるのが青の竜の役割であると、メリッサはここに来てからヒューバードに教えてもらった。

それならば、こうして生まれたばかりの竜達もそろって人との交流をためらわないのは、きっと青の竜がそう伝えているからなのだろうと思う。

ギャウ

青の竜が、空に視線を向け、突然メリッサを呼ぶ。その青の竜の視線につられるように、メリッサの傍にいた竜達は、子竜も含めてみんな空に目を向けた。

そして次の瞬間、メリッサの頭上がすっぽりと影に覆われた。

竜達に倣い、空を見上げてみれば、まず目に入ったのは真珠色の連なり。辺境の空に、太陽の光を受け、輝くような白の竜体が浮かんでいる。その背にまたがる黒髪の騎士は、地上に視線を向けて、若干身を乗り出しながら地上に降りるための操作を行っているようだった。屋敷の庭のような広い場所ではなく、岩肌がすぐ傍にある渓谷の底に降りてくるのは、やはり気をつかう作業になるのだろう。

メリッサは、地上にいながら、この辺境の空の色を凝縮した青い目を見上げ、にっこり笑って手を振った。

「ヒューバード様、お帰りなさい」

「メリッサ、ただいま。青の寝屋の完成具合はどうだ？」

白の女王の背から降りながら、ヒューバードは青の寝屋に視線を向けた。

「うん、大分飾りも増えてきたな」

昨日《きのう》まではなかったリボンが大量に飾られた天蓋《てんがい》部分を見ながら、ヒューバードは微笑んだ。

「他にまだ飾りたいものはあるか？　どちらにせよ、今日《きょう》は一旦終わりにして、そろそろ帰宅する時間だが」

ヒューバードにそう告げられ、メリッサはそう言えばと裁縫道具を片付けはじめた。

「今日はじゃあ、一旦終わりましょうか。また明日《あした》、続きをしましょうね、青」

ギュアァ！

うれしそうに鳴きながら、メリッサの見送りのために白の女王のとなりに寄り添った青の竜に、メリッサも微笑みを浮かべた。

そしてメリッサは、白の女王の背に乗って、ヒューバードとともに帰路につく。

最近の日課となった青の寝屋作りも佳境に入り、ようやくひとつ、青の旅立ちまでの課題が果たせそうだ。

メリッサは、青の旅立ちについての具体的な話が出た日のことを思い出しながら、今も白の女王に付いてきている青の竜に視線を向けた。

青の竜が旅立つ話は前から聞いていたメリッサだったが、それが具体的にいつ頃《ごろ》になるのかは聞いたことがなかった。だから、いつ旅立つことになっても笑って見送れるよう、一日一日を大切に青の竜に接してきた。

ある日ヒューバードから、白の女王の伝言として、青の竜の旅立ちの支度が整ったと聞いたとき、メリッサはいよいよその日がきたのだと、そう覚悟をして青の竜の前に立ったのだ。

グギュゥ？　ギャゥ

メリッサを見て、青の竜の鳴き声を聞いた瞬間、首をかしげることになったのは、それがメリッサが予想していた旅立ちの言葉ではなかったような気がしたからだ。

メリッサは、竜と会話ができない。もっと正確に述べるならば、メリッサは鳴き声だけではなく、仕草や視線などを見て大体何を言っているのかを理解しているので、会話ができるわけではない。

しかし、今、青の竜が言いたい言葉が、ほぼはっきりと理解できてしまった。

『旅？　まだむりだよ』

声として聞こえているわけではないのに。間違いなく竜の鳴き声のままなのに、しっかりと言葉として理解している。

ンギャウ、ギャウゥ
『紫がぜんぶは帰ってきてないし、ねぐらもまだ穴だらけであぶないし』

ギュルルル、ギャーゥ
『まだ不安だから、いちゃダメ？』

目の前で、顔をメリッサの高さに合わせて上目遣いで首をかしげる青の竜は、いつもメリッサに何かをねだるときにしていた仕草をしながら、間違いなくそう言った。

「……もちろん、いついつまでに旅立ってと言われたわけではないのだもの。旅立ちは、あなたが納得できたときでいいのよ」

ギュルル、キュウー
『メリッサ、大好き』

青の竜が、いつものように鼻先を擦《こす》り付けてくるのを両腕で抱きしめるように受け入れながら、メリッサはひっそりと首をかしげ、となりに立っていたヒューバードに戸惑いも明らかな視線を向けた。

その日、青の竜がねぐらに帰ったあと、メリッサはこの件についてヒューバードに問いかけた。

「さっき、青が旅に出られない、無理だと言っていたとき、理由はなんて言っていましたか」

「紫の明星の遺骸《いがい》がすべて帰ってきていないし、ねぐらも密猟者の開けた穴の始末が付いていないから、安心して旅立てない、そう言っていたが……今の状態だと、紫の遺骸発見はときを待つしかなさそうだから、旅立ちの日はまだ先になるかもしれないな」

苦笑しながらそう告げたヒューバードに、メリッサは少しだけ戸惑いつつ、今頭に浮かんでいる謎《なぞ》について、口にした。

「ヒューバード様。竜達は、女性とは絆《きずな》を結んだり……しませんよね？」

それを耳にしたヒューバードは、メリッサに視線を向けると、当然だとばかりに頷《うなず》く。誰《だれ》もがそれを常識として知っている。竜達自身すら、そう告げている。どこに疑う要素があるのかわからないが、メリッサは結果として起こっている事態に、ただただ首をかしげた。

「あの、ヒューバード様。私、青の言葉がわかるようになってるみたいです」

「今までも、理解はできていただろう？」

ヒューバードが白の女王に視線を向けながらそう告げると、メリッサは口元に手を当てながら、ひたすら首をひねった。

「確かに、何を言いたいのかはわかっていましたけど、今まではその答えをいくつか用意して、それを選択させることで答えを得ていたんです。でも、今日のは……さっきの青の言葉は……

『旅？　まだ無理だよ』『紫がぜんぶは帰ってきてないし、ねぐらもまだ穴だらけで危ないし』

……そういうふうに言っているように聞こえたんです」

今までなら、おそらく『行きたくない』『不安だ、まだやだ』くらいにしかわからなかっただろう。それも、姿を正面で見ながら、それくらいのはずだ。

ヒューバードも、それを理解したのだろう、さっと視線を周囲に向け、空を確認したあと、メリッサに問いかけた。

「メリッサ。他の竜の声はどう聞こえる？　竜は今、傍にいないが、それでも会話はわかるか？」

そう問われて、改めてメリッサは自分に聞こえているのが竜の声というわけではないことに気がついた。

「いえ、普通に竜が遠くで鳴いている感じです。……そうですね。竜騎士の皆さんは、竜騎士になった瞬間、周囲の竜達の鳴き声とかでとても賑《にぎ》やかな会話が聞こえるって……じゃあ、私のこれは、どういう状況なんでしょう」

その問いに、二人は頭を突き合わせ、揃《そろ》ってひたすら首をひねる。

「……繋《つな》がっているわけではないことはわかる。竜と絆を結ぶとな、竜の五感を人の身で受けることになるんだ。耳はここからねぐら周辺の竜の鳴き声をすべて拾い、互いに声を掛け合っているのがわかる。目は、ここにいて、ねぐらの傍にいる子竜の顔くらいは普通に見える。メリッサが今、もし青の竜と絆を結べたとしたら、そんなものではすまない可能性の方が高い」

メリッサが現在感じている異常は、青の竜の鳴き声が、しっかりと意味がわかるというくらいだ。他の竜の鳴き声が人の言葉に聞こえるわけではなく、遥か先の小さな生き物が何をしているのかなどもわかりはしない。

「メリッサの場合、会話の理解がより進んだ、という状態のような気がするな」

「会話の理解、ですか？」

メリッサが首をかしげると、ヒューバードはなおも考え込むようにうむ、とつぶやくと目を閉じた。

「……人と人の間でも同じだろう。言語が違うもの同士でも、互いに意思疎通を望むなら、身振り手振りで伝えようとする。それが竜でも同じという話だろう。そしてもう一つ、理由があるとすれば……青の方だ」

「え？　でもさっきは、絆ではないと……？」

先ほどとの言葉と合致せず、思わずそれが口を突いて出たメリッサに、ヒューバードは目を開け、メリッサに視線を向けた。

「青はここを旅立つ準備ができたと聞いたが、それがどういう過程によって竜達に認められたのかはさすがにわからない。だが、白が言うには、条件を満たしたのはつい先日のことだそうだ。時期的に考えても、これが影響を与えている可能性が高い」

「でも、あの、青自身には変わったところはなかったんですが……」

「青は、日頃《ひごろ》から、メリッサに見せる表情と王竜としての顔は使い分けていたようだからな。それを考えるに、メリッサの前ではいつもの青でも、中身には変化があったんだろう」

そう告げられ、はじめてメリッサは青の竜の変化が称号的なものではない可能性があることに気がついた。

「青の竜にとって、旅立ちの支度というのは、それほどの変化をもたらすようなことだったんですね……」

そうだとすれば、メリッサは王竜の旅というものを、甘く見ていたのではないだろうか。青の竜は、立派な成体の竜だと今まで思っていた。だが、ただ育っただけでは、旅に出るまでに至っていなかったということだ。

若干顔色を悪くしたメリッサを見て、ヒューバードはメリッサの考えを読んだのだろう。いつも向ける、穏やかな笑みを浮かべ、メリッサの頭にぽんと手を置いた。

「メリッサ、今、私達が考えなければならないのは、いかに青の竜の心残りになりそうなことを解消してやるかだ。……紫の遺骸に関しては、情報を待つしかない。それなら、それ以外を少しずつでも解消してやるしかないだろう。ひとまず私は、ねぐらにある人が隠れられそうな場所を調査して、今まであそこに潜んでいた密猟者達の居場所を潰していこうと思う」

ヒューバードの覚悟に、メリッサは思わず息をのんだ。

「あの広い場所を、お一人でですか？　さすがに無理があります。見つけて補修して、となると、それこそ何年かかるのか……」

「それに関しては、すでに国には、密猟者の行動に関して現状をまとめた調査書を送るときに、辺境伯家と竜騎士隊の連名でねぐらの補修のために兵の派遣をお願いした。結果、兵に関しては、国境警備隊の一部使用を許されたので、追加の部隊が派遣されるまで彼らの協力を仰ごうと思う」

それを聞き、ヒューバード一人が作業をおこなうのではないらしいと知り安堵《あんど》の表情を見せたメリッサに、ヒューバードは少しだけ抱き寄せ額に口づけを落とした。

「密猟者とのあれこれは、まだ解決には時間がかかるだろう。当然、青の出発はそれだけ遅くなる。だからメリッサには、青の不安が払拭《ふっしょく》されて、安心して旅立てるように、できるだけ青の傍にいて、その望みを聞いてもらいたい」

「望みを、ですか」

不安そうにつぶやくメリッサを納得させるように、ヒューバードは今日も庭で丸くなっている幼い騎竜とその親竜に視線を向ける。

「少なくとも、あの子竜がこれからどこで成体になるまで過ごすのか、それが決まるまでは青は動かないと思う。それに、密猟者のことだけではなく、他にも何か不安があるかもしれない。それを考えれば、今、青の旅立ちを前に、メリッサが青の言葉を理解できるようになったことにも意味があるのかもしれないな」

生まれたときから見守ってきた青の竜が、無事に育っただけでもうれしかった。メリッサにとっては、どんな色の鱗をしていても、きっとその姿を愛《いと》おしく思うだろう。

何色の竜だとしても、竜達はメリッサよりも寿命が長い。その長い時間を生きる竜達が、幼い間のほんの一時期一緒にいた人間のことを、きっと記憶し続けてくれるのだ。その記憶を、できるだけ楽しいものにしたいと思う。

もちろんそれは、他の竜よりさらに寿命が長いと言われる青の竜に対しても変わらないことなのだ。

「……わかりました。これから青が少しでも安心して旅立てるように。そして私も笑顔で見送れるように、青としっかりお話しします。……きっと青は、私が心配そうな顔で見送ったりしていたら、それこそ不安を感じてしまうでしょうから」

もしもメリッサがちゃんと竜の親だったなら。成長した我が子を、自信を持って旅の空へと送り出すだろう。でもメリッサは人で、どれだけ大きくなっても、どれだけ丈夫になっていても、竜のすべてを知るわけではないために、不安を感じてしまうだろう。

竜は人の感情を読む。言葉よりもよほど雄弁に通じてしまう感情で不安がらせたりしないように、きっとメリッサ自身もしっかり覚悟をもって見送らねばならないのだと、そう思う。

「きっと青は、話がしたいと思ってくれたから、私に通じるように話せるようになったんだと、そう思います。私、頑張ります！」

やっと笑みを浮かべ、そう宣言したメリッサを、ヒューバードは愛おしげな眼差《まなざ》しを向けながら、口づけた。

そう覚悟をしてからほぼ毎日、メリッサはいつものことではあるが少しでも多くの言葉を聞こうと、青の竜に話しかけていた。

青の竜は、メリッサに言葉が通じていることをちゃんと察してくれたらしい。話しかけてくれたし、歌も聞かせてくれた。

青の竜の歌は、間違いなくメリッサが歌ってあげた、この地方に伝わる子守歌だった。青の一歳の誕生日でねだられて、望むままに歌い聞かせた子守歌が、竜の口から聞こえてくる様子は、じんわりと心が温まるような、そんな感覚だった。

そして、最初に青の竜がねだったのが、出かける前に寝屋を仕上げたいということだった。

竜達は、成体になったあとは自分自身で寝屋を飾る。大体鱗が成体のものに生え替わった頃には、大きな寝屋に引っ越して、自分自身の鱗で寝屋を飾るのだ。

ただ、青の竜は、最初から成体用である王竜の寝屋を利用していたため、子竜の時代にはじめてメリッサと一緒に寝屋を飾ったときから結局そのまま飾りをメリッサとともに作ることが習慣となり、やめ時がわからなかったということもある。

青の竜が旅立てば、どれくらいの月日がかかるのかわからない。前の青の竜が、いつ旅立ち、そして世界を見てきたのか、そんな話も人の間には記録が残っていないのだ。つまり、青の竜が旅立ったあと、再びメリッサが青の竜と出会えるのかすらわからない。

それがわかっているからこそ、メリッサは青の竜に今してあげられることを、全力でしようと思っていた。


そうして作業に通うこと数日。

青の竜の旅立ちの日についてを考えながらぼんやり考え事をしていても動かし続けた手のおかげか、ほぼ寝屋は完成した。

材料の入手から手がけていたから、リボンの作成に時間はかかったが、今メリッサが手がけているにんじんの意匠で刺繍を入れたリボンで、最後の一本になる。

ちょうど空に夫であるヒューバードと白の女王が姿を見せたため、メリッサは一瞬手を止め、夫を笑顔で出迎えた。

「お帰りなさい、あなた」

「ただいま、メリッサ」

グルルゥ
後光もまぶしい夫の姿に、目を細めながら上から降る口づけを受ける。そしてそのすぐあとに伸びてきた白の女王の首に抱きつき、そっと頬《ほお》ずりして挨拶《あいさつ》した。

「無事にできたみたいだな」

ヒューバードの視線が、今まさに機嫌良く寝屋の中であちこちを点検して回っている青の竜に向けられる。

「かなりゆとりができたな。今まではやはり少し小さかったな」

「そうですね。あまり大きすぎてもいやだということだったから、ギリギリの大きさで作ってましたし。でも、まだ成長はしますよね」

青の竜は、成体は成体だが、ここからの成長は個々の能力による。今回は、自分が手伝えるのも最後かもしれないため、かなり大きめに寝屋飾りの柱を立てた。それを囲う布の量も今までにない量になったが、これでもまだ小さい可能性がある。

白の女王を見れば、その力量の差が体にも表れているのは間違いない。白の女王は、単体でいるときに見るとほっそりとした体つきをしているが、小さいわけではない。むしろ現在最大級の、竜騎士隊長の紫の盾よりも体長だけなら大きい。翼は圧倒的で、どの竜よりも長く大きいとされている。その翼が支える体は頑強で、空中で他の大型の竜とぶつかり合っても揺らぐことなく飛び続ける安定度を誇る。その上で速度も小型の竜達を悠々と追い抜くことができ、さらにその飛行可能距離は尋常でないほどの差がある。

――そしてその能力は、竜達の言葉を借りれば、白の竜ならば当然のものらしい。

白でそれならば、当然ながらそれ以上なのが青となる。

「過去の青の大きさがわかればある程度予測もできるが……少なくとも、白よりは大きくなるようだな。寝るには、これくらいの大きさでちょうどいいか」

「今の大きさで、青が納得しているようですから。一応ずっと辺境伯家で青の布を確保しておけば大丈夫です。必要になったら、青が庭に取りに来てくれるでしょうから」

その場合は、代々青の竜のために布を保管することと、青の竜が布を欲しがるときの仕草を子供達に伝えておけばいい。

「……そうだな」

メリッサを見つめるヒューバードの眼差しが、その瞬間わずかに緩む。

その表情をまともに見てしまったメリッサは、はっきりと顔に血が上るのを自覚した。今頃真《ま》っ赤《か》だろう顔を隠すように青の竜の寝屋に視線を向けると、ちょうど青の竜が奥から箱をくわえて寝屋の中央に据えたクッションに置いたところだった。

「あの箱……」

それは、青の竜の産み親である紫の竜の鱗が収められている箱だった。

その紫の鱗は、密猟者によって加工されてしまい、それによって呪《のろ》いが強化されてしまっている。常に悲痛な声で竜を呼び、すでにいない主《あるじ》の敵を討って欲しいと望んでいる。その声を少しでも抑えるために、今も青の竜が日々抱いて過ごしている。ここ最近は、旅に出るときに少しでも問題が出ないようにか、ねぐらにいる間、基本的に青の竜は常に箱を抱いている。

「最近は、ずっと歌を続けているようで、かなり落ち着いているそうですよ」

「ああ。青が出かけている間は、白が見ている話になっているらしいから。白でどうにかできるくらいに収めていきたいらしい」

それを聞き、メリッサは思わずこぼれそうになるため息をぐっと無理やりのみ込んだ。

「……着々と旅立つための支度を整えているんですね」

「それでも、まだまだらしいがな」

ふっと微笑んだヒューバードは、メリッサの手元を見て問いかける。

「メリッサの作業は、まだ時間がかかるか？」

「いえ、この一本に刺繍を入れればすべて終わりです。材料も使い果たしましたから、何かを求められても、材料が届くまでは手のつけようがありません」

メリッサの答えを聞き、ヒューバードは改めて現時点でできあがった青の寝屋に視線を向けた。

「もうほとんど完成しているように見えるが……まだ足す部分があるか？」

「これればかりは、青の求めるままですから。青が足りないと思っているなら、まだ作りますよ」

メリッサが力強く断言すると、ヒューバードもくすりと笑って頷いた。

「まあ、その一本が今日の作業の最後なら、それを作っている間に私の方の報告も済ませておくか」

そう言って寝屋の中に入り込んでいる青の竜へと足を向けるヒューバードに、メリッサは問いかけた。

「ヒューバード様の方の作業は、目処《めど》は立ちましたか」

「今のところ、できることは終えた。あとはねぐらの底の方にある部分の修復に関しては、誰を入れるのか慎重を期す必要がある。せめてそれだけは、青がいる間に決めて取りかかれるようにしておかないとな」

それだけ言うと、腰を下ろしたままのメリッサの頭をひと撫《な》でして、青の竜の元へ向かい、その正面に腰を下ろしたのが見えた。

その代わり、とばかりに、メリッサの正面には白の女王が腰を下ろし、そのままメリッサの刺繍を見守るつもりなのか、ゆったりとくつろぐように寝そべった。

「さてと、じゃあ、続きを頑張りますか。白の寝屋飾りも、今度新しいのを作るわね」

グルゥ
にっこり笑みを浮かべ、満足そうに喉《のど》を鳴らした白の女王に見守られながら、メリッサは肩をほぐすように少しだけ腕を回して、続きに取りかかった。

そんなメリッサの様子を確認したヒューバードは、少し離れていた青の竜に今日の成果としてまとめた書類を手に説明を始めた。

「今日までで、このあいだここで捕縛した密猟者から聞き出した通路の入り口と見張り小屋に関して、すべて使用できないようにした。見届けは私と白の女王が。工事は辺境警備隊の派遣工員の手を借りた。こちらは、国にも届け済みだ」

青の竜は目を閉じて、先ほど抱きかかえた箱に向かって、ずっと歌を聞かせていた。

青の竜にとって、それはとても大切なことであり、歌を聞かせることも旅立ちの支度のひとつのため、メリッサもヒューバードも、それを温かく見守ることはあっても、自分達の話を聞かせるためにと止めるようなことはしない。

その様子を見ながら、ヒューバードもかまわず話を続けていた。

「他の箇所については、すべて竜の領域になる。こちらの修復は、竜騎士の派遣を頼むことになる。……ひとまず、青の承認をもらえるか？　その承認を持って、国に届けを出すから」

グギュ
今のひと鳴きで、承認が得られたらしい。ヒューバードが今日の仕事で書きためた調査書類の一番上にさらさらと一言書き足すと、その紙を束ねて青の爪の先でまとめて穴を開けた。

「それで青、派遣させる竜に何か希望はあるか？　向き不向きはあるかもしれないが、お前が会いたい竜を優先で呼び出してくれるように頼むこともできるぞ？」

それは、旅立ちを控えた青に対する気遣いのようなものだ。現在任務に就いている竜達を、わざわざ辺境まで使いに出せるような余裕がないことはわかっている。

竜騎士の人数は、毎年二、三人ほどしか増えないが、ヒューバードが辺境伯を継ぐ前は、数年間全く竜騎士が生まれなかった時期がある。その間に怪我《けが》や加齢によって引退した人数の補《ほ》填《てん》がまだ完了していないのだ。

その上で、今はさらに別大陸にあるリュムディナの組織作りを急務として、常時竜騎士二名がリュムディナに派遣され、さらに航路を安定利用するための整備要因として、こちらも常時三名が割り裂かれている。リュムディナは竜で飛ばしても二泊する必要がある海を越えた地にある国だ。そこから騎士を呼び戻すのは当然ながら時間がどうしてもかかってしまう。

そんな場所での勤務中でも、これから何年かかるかわからない旅に出る青の竜が会いたいというならば、おそらく竜騎士隊の誰も騎士の移動に反対はしないだろうこともわかっていた。

だが、青の竜はいつものように穏やかな表情のまま、静かに首を振った。

グルル、グルルル
どうやら旅の最初の目的地は、この大陸らしい。青の竜は、全員に会いにいくつもりらしく、機嫌良さそうに喉を鳴らしている。

それを聞いたヒューバードは安堵の表情を浮かべていた。

「そうか。そうしてもらえると助かる。紫の盾や貴婦人が気にしていたらしいからな」

ギュー
喉を鳴らしていた青の竜は、そのままヒューバードに言葉を促した。

「……ああ、キヌートからの情報なら、明日到着予定だ」

ヒューバードが一番伝えたかった連絡は、どうやらこれだったらしい。青の竜はそれを聞いて、ぴたりと体の動きを止めた。

今まで機嫌良く揺らしていた尻尾《しっぽ》まで止め、真剣な眼差しでヒューバードの言葉に耳を傾ける様子は、ある意味鬼気迫るものがある。ヒューバードもその青の竜の様子を見て、姿勢を正した。そしてメリッサは、白の女王の傍で刺繍の手を止めて、話の続きに耳を傾ける。

「どうやら、リュムディナに流れていた紫の鱗についての足取りがある程度つかめたらしい。ただ、こちらの大陸に返却されたものが、さらに大陸内のどこかに流れているんだそうだ。その足取りを追うために、キヌートとガラールが共同で捜査を始めたそうだ。その情報は、すべてキヌートに一旦集め、そこで分析される。こちらへの報告はそれからになる。その詳しい内容については、明日説明を待って欲しい」

その言葉を、青の竜がどう捉えたのかはわからない。しかし、ひとつだけわかったのは、青の竜はそれほど急いでいない、という、旅立ちを前提とした支度をしているメリッサにとって、首をかしげるような状態だということだった。

翌朝、いつもと同じように竜達の接待を終え、久しぶりに慌ただしく竜のねぐらに行くことなく、一日を屋敷で過ごすことになったメリッサは、緑の子竜とその騎士が、竜騎士になるための勉強……の前に、子竜が人の街に行くための勉強をしているのを見守っていた。

青年は、この場所で子竜に選ばれたことで騎士となった。元は吟遊詩人をしていたため、穏やかな印象を与えるために伸ばしていた柔らかそうなくせ毛の髪はすっきりと短くなり、体も竜騎士としての訓練のため、ずいぶんとしっかりとしてきている。だが、緑の子竜の鱗と似ている緑色の目だけは、変わらず今日もしっかりと子竜に向けられている。

ちなみにこの勉強というのは、竜騎士の騎竜がここの竜達に伝えたことが基になっているらしい。

今日ここを訪れる客人に向けた支度はすでに終わっており、むしろそれを察して落ち着かない竜をなんとかするのが奥様のお仕事ですと使用人達の総意で庭に出されたメリッサは、喜んでその仕事を果たしているのである。そうして一番竜達が気にしている子竜達の元ではじまったのが、その勉強会のようなものだった。

メリッサとしては、竜達の間で、そんな教育がなされているのが不思議だった。竜達は、基本的な〝黒鋼を避ける〟ということ以外、自由に行動していると思っていたのだが、一体どんな教育がなされているのだろうかと。

ちなみに今日の講師も緑の子竜の親竜である。

今日の勉強は、一緒に他の子竜達も聞いているのか、親竜は他の子竜達がころころ転がりながら傍にいるのを、尻尾であやしながら緑の子竜に語りかけている。

その様子を、新人見習い騎士と並んで見ながら、メリッサはしみじみとつぶやいた。

「……飛行する高度と、降りて体を支えられそうな場所を見分けるこつ……ですか。そんなものあったんですねぇ」

「竜の世界にも、意外と人のことが伝わっている感じですかね」

飛行する高度は、鳥の飛ぶ少し上まで。ひとの街には、ひとの生活に密接に関わる鳥が近くに巣を作り、暮らしている。その鳥達を最低高度の目安として竜達は伝えているらしい。

ただし、この辺境は別だが。

メリッサはそこまで考えて、なるほどと思った。

「わざわざこれを伝えるのは、この場所に鳥がいないからってことかしら」

この場所は、竜が支配する地。空を飛ぶのは竜と一部の虫のみという場所で、普通の鳥はまず来ない。羽を休める場所や水場があっても、決して近寄ってくることはない。

この辺境で暮らすだけならそんな基準は必要ないが、竜達の飛ぶ空には国境もなく、そもそも人と竜の領域に空の違いはないのである。

親竜は、どうやら鳥に種類があることを教え、その中で街に多く暮らしている中型の鳥を基準とするように教えていた。

キュアー！　キュウ、キュウ！

元気いっぱいに子竜がわかったと答えたのだが、すぐさま子竜はみずから騎士の元へと歩み寄り、両手で抱っこをねだりながらキラキラした目で自分の騎士を見上げた。

キュッ、キュア
「えっ⁉　いや、私は絵心がなくて……っ」

慌てて子竜を抱き上げてあやしながら、そう説明する騎士の様子を見て、メリッサは騎士が何を求められたのかを理解した。どうやら子竜は今まで竜以外の空を飛ぶ存在を見たことがなく、親竜に聞いた鳥の姿がよく理解できなかったため、絵にして欲しいとねだったらしい。すぐさま、傍に控える侍従にお願いして、鳥が描かれている絵本か事典を持ってきて欲しいと頼む。

しかし、その絵本が来る前に、問題は意外なことで解決した。

グゥル？

「青、お帰りなさい。もう空の散歩は終わりでいいの？」

ギャウ
『ただいま、メリッサ。今日はもうメリッサといっしょにいる』

メリッサに甘えるように頭を擦り付ける青の竜に、メリッサは笑顔で腕を伸ばした。

やはり、青の竜の言葉はなんとなくわかる。今まで、子竜と親竜の会話はなんとなく察した程度だったが、青の竜の鳴き声は、ちゃんと言葉として理解できる。

そしてメリッサは、ふと青の竜に尋ねた。

「青、あなたは生まれて結構すぐから飛びはじめていたけど、白に飛ぶ高さを教わったの？」

　ギュア？　グギュァァ
『ううん？　青の記憶が教えてくれたの』

　青の竜達の記憶、というものが、どう引き継がれるものなのかはわからないが、生まれて間もなくから、今の青の竜にもいろいろなことが伝えられていたことだけは理解できた。

　青の竜は、そのまま緑の子竜に顔を寄せ、小さな鳴き声で何かを告げると、チョン、と鼻先で額をつつく。

　その瞬間、小さな緑の子竜はぴたりと動きを止め、大きく目を見開いた。

　しばらくそのままだった二頭は、ふた呼吸ほどするとぱっと離れ、子竜は再び騎士に向き直った。

　クアァ！　クキュア！

「え？　ハト？　ああ、うん、知ってるよ。ええと、私の両手で体がすっぽり包めるくらい。ちょうど君の今の頭くらいの大きさかな。たくさんの群れで生活していて……」

　悩み悩み騎士が説明しているところで、先ほど本を頼んだ侍従と侍女長のヘレンが連れ立って庭へと姿を見せた。

　ヘレンの手によって運ばれてきていることを考えると、どうやら図書室の本ではなく、私室にあった絵本のようなものなのだろう。図書室の本ならば、執事のハリーの管轄になるため、ヘレンが運んでくることはなかっただろうから。

「ヘレン」

メリッサが、ヘレンも柵《さく》の近くまで近寄れるようにと駆け寄ると、頭を下げて一冊の絵本を差し出した。

「若奥様、街にいるような鳥の絵がたくさん描かれた本をご所望とのことですが、庭で見るのなら絵本のようなものがよいだろうと、こちらをお持ちしました」

そうして受け取った本は、どうやら鳥を使い魔にしている魔法使いが、ある日出会ったガチョウの呪いを解き、お姫様に戻ったガチョウと結婚する話らしい。この辺境伯家には竜にまつわる絵本しかないかと思っていたメリッサは、その予想外の内容に目を丸くした。

「……竜がいませんね⁉」

その驚く様子を見て、ヘレンがクスクスと笑った。

「若奥様、この辺境伯家にも、お嬢様がお生まれになることがあるのですよ。こちらはお嬢様にお読みいただくためのご本ですわ。いくら辺境伯家のお嬢様が竜好きにお育ちになっても、やっぱりお姫様にも興味を持っていただかないと、いろいろ困ったことになりかねませんので」

それを聞いたメリッサはというと、まさにその困ったことになった代表格のような存在であるために何も言うことはできなかった。

お姫様になるよりも、竜と一緒にいたい。自分を宝石で飾るより、竜の寝屋を飾りたかった。綺麗《きれい》な衣装は竜達が喜ぶものだと思っているから、自分をそれで飾ることは考えない。確かに、貴族の女性として育ち、将来貴族に嫁ぐ可能性がある辺境伯家の令嬢としては、困った資質だろう。

羞恥《しゅうち》に若干頬を染めつつパラパラめくってみてみると、確かにこの本には、街に生息している鳥がたくさん描かれている。魔法使いは、すべての鳥を使い魔にする夢を持っていて、ある日光り輝くガチョウに出会い、使い魔にしようとした、といったところからはじまる物語は、魔法使いがガチョウに頼まれ、一緒に呪いを解こうとして困難に出会うたび、使い魔として新しい鳥が出てきている。

あるときは小さなキツツキが、刺客として送られた小さな羽虫を食べて退治していたり、アヒルが水草を食べて魔法の冠を探し出したり、そういった一つ一つの頁《ページ》にかわいらしい絵と丁寧な文字で鳥の名前が書かれていたりして、とても素敵な、そして何よりためになる物語になっている。

「そちらは複製で、お子様方がお庭で見ても問題ないようになっております。子竜達が見て、多少いたずらをしたとしても、問題ございません」

にっこり微笑み、力強く保証したヘレンに、メリッサも思わず笑みを浮かべて礼を述べる。

「さすがヘレンだわ。まさに今、これが必要だったの」

それを聞いて、頭を下げたヘレンは、立て続けにメリッサに告げた。

「若奥様、お客様のお出迎えのためにお支度を始める頃にまたお呼びいたします」

「わかったわ。ありがとう」

そうしてメリッサは、絵本の挿絵の中で、ハトの頁を開いた。

ハトは、手元にない薬を手に入れるため、手紙を持って長距離を旅する姿が描かれていた。ハトは狂いなくその手紙を魔法使いが信頼している薬師にとどけ、特殊な薬草をくわえて再び魔法使いの元へと飛んでくる、そんな姿が描かれている。

絵本を目にした成体の竜達が、上からのぞき込むように本を見ている。子竜達も本の周囲に群がり、興味深そうに本を時折つつきながら、メリッサが頁をめくるのを待っているようだった。

「ほら、これがハト。ハトは頭が良くってね、こうやってお話の中のように、人から人へお手紙を運んだりできる鳥なの。ただ、臆病《おくびょう》で、竜達がいると怖くて混乱してしまってお手紙を運べなくなるから、竜がいる場所には近寄ってこないわね」

キュウ？

首をかしげる子竜に、メリッサは本の頁をめくってもう一種類の鳥を見せた。

こちらは大型で、猛禽類《もうきんるい》に属している鳥だが、竜が傍にいる国ではこちらの方が伝書鳥として有名であった。

「竜騎士達が伝書鳥として使うのはこちらの方が多いのよ。どちらもお仕事をしている鳥だから、遊びに誘ったりしないように、お仕事を応援してあげてね」

キャウ

手を上げ、元気良く了承の返事をした子竜は、そろそろお昼寝がしたいらしい。みずからの騎士にすがりつきながら、甘えるように体を擦り付けると、うとうとしはじめた。

それを見て、今日は終わりにしようと立ち上がりかけたメリッサは、傍にいた青の竜が、真剣な表情で絵本に視線を落としていることに気がついた。

「青、気になるなら、頁をめくりましょうか？」

ギュルゥ

どうやらめくって欲しいらしい。メリッサは居住まいを正すと、青の竜に見えやすいように、絵本の頁をめくりはじめた。

つい先ほどまで、ちらりと見る程度だった絵本に突然興味を示した青の竜に、不思議に思った。しかし最後、ガチョウの呪いが解けてお姫様の姿が戻ったあと、お姫様の周囲に舞っていた金の羽根がすべて花に変わって降り注ぐ中、魔法使いが姫に求婚する場面をみて、青の竜は少し首をかしげていた。

ギュゥ……グルル、ギュルルル？

青の竜は、その問いかけを、メリッサではなく緑の親竜に向けた。

グルルルゥ……

緑の親竜は、それをそのまま、子竜を抱っこして体を揺らし、寝かしつけていた新人へとふっていた。

「えっ、あ？　え、と、私は独身なうえに、その、昔から女性とはとんと縁がなくですね。つまり、結婚なども全く……はは」

新人は、引きつった笑みとともにそう返した。

「そもそも、私ではなく、ここはまだ新婚の若奥様に問うべきではと……」

その言葉とともに、竜達を含めたすべての視線がメリッサに向けられた。

青の竜の問いは、至極簡単だった。

――人はみんな、こうやって求婚するの？

メリッサは、青の竜がこの問いかけを、自分にせずに緑の親竜を通じて新人に対しておこなった理由を正確に把握していた。

ヒューバードからメリッサへの求婚は、白の女王の背中でおこなわれている。つまり、竜達の記憶に残っているのだろう。それなら、わざわざ問いかけなくても青の竜の知識には残っているのだ。

「私のときは違ったけれど、花を捧げられながらの求婚は、憧《あこが》れるものではないかしら」

そう伝えながら、視線を柵の外に向けると、その場にいた侍従達もうんうん頷き、メリッサの言葉に賛同した。

ギュ、キュー？

『メリッサも、うれしい？』

そう問われたメリッサは、ヒューバードが花を持ってくるその場面を思い浮かべ、ぽっと頬を染めて笑顔で頷いた。

「そうね。きっと、すごくうれしいわ」

青の竜はそれをじっと見ていたが、再び視線を絵本に落とすと、小さな声でつぶやく。

ギュウ、ギュルルル、ギュー
「……え？」

その小さな声はおねだりだった。

メリッサ、お願い。花を作って。白の花を、たくさん、たくさん作って。白の寝床をすべて花で埋めるくらいの花を。

そのおねだりの言葉は、メリッサだけに聞こえたらしい。メリッサは、驚きにわずかに目を見開きつつも、ためらいなく頷き、そのおねだりを聞き入れたのだった。

客人の出迎えのために入浴して姿を整えたメリッサは、ヘレンによって髪をまとめられ、無事に竜の庭にいるときの姿から辺境伯夫人としてふさわしい姿に変化した。

いつもハーフアップか三つ編みが基本の髪をひとつの団子にまとめ、最後に真珠の髪飾りとネックレスを身につけると、どこから見ても立派な淑女の姿になった。

「ヒューバード様はもう出られるんですか？」

「はい。あちらもすでにお支度はすんでいらっしゃいますから、すぐに下りてらっしゃいますよ」

ヘレンに付き添われ、玄関に向かいながら、メリッサは今日の手順について確認していく。

何せ今日は、義母がおらずメリッサのみが女主人として出迎えることになっているため、何度手順を確認してもしたりない気がする。

「昼餐《ちゅうさん》の用意はもうできているし、そのあとの会議についても、議場は整えたし、今日の宿泊場所も……」

メリッサがここまで緊張している理由は、来るのがキヌートの客人だけではなく、ガラールの使者もやってくる予定になっているためだ。キヌートは領地としてはとなり合っていると言っていい、キヌート王領地で密猟者討伐専門部隊の指揮を執る第三王子と、その秘書官であり、ヒューバードの母方の従兄《いとこ》ローレンスが出席予定となっている。そして現在キヌートに滞在中だった、ガラール王国の外交官とその随行の騎士が一緒に訪問予定となっている。

もちろんそれぞれに使用人達がおり、その使用人も含めて、すべてコーダの街に宿泊場所を整えた。

キヌートの王子だけならコーダではなく屋敷でも受け入れできたのだが、一緒に来る予定のローレンスが、家族の事情、主にヒューバードの母であるヴィクトリアと、ローレンスの父親でありヴィクトリアの兄である前フェザーストン伯爵との確執により、緑の竜達に目の敵にされていた事情があった。そのためコーダでの受け入れとなったのである。これでも、以前はコーダでもまだ近いと緑の竜達の大反対を受けていたことから考えれば、屋敷じゃなければまあいいとの妥協をもらえただけ、ましと言える状況になったと言える。

ガラールの使者に関しては、竜に慣れていない場所からの来訪者ということで、竜の傍で慣れない緊張を強いるよりはとはじめからコーダに宿泊場所を決めたのである。

緊張の表情で指折り確認していたメリッサの前に、いつの間にかとても見慣れた姿が映り、顔を上げる。

「メリッサ、そう緊張することはない。王太子殿下を立派に接待できたメリッサなんだ。竜の爪《つめ》に客人が引っ張って行かれたとかの騒ぎでもない限り、問題なくできるさ」

「ヒューバード様、そんなことを口にするとうっかり本当になりそうなのですが……」

ヒューバードがいつもの笑顔でメリッサを楽にさせるためか話しかけてくれたが、ある意味それはこの場でありすぎそうな事故で、うっかり耳にした瞬間もう一度竜達にくれぐれも客人に近寄らないようにとお願いをしに庭に行きたくなった。

「辺境伯夫人、あなたは人の王族相手よりも竜達の方が緊張しないのですね。さすがと言うかなんというか」

突然、この場にいると思っていなかった人物の声を聞き、きゅっと背筋が伸びる。

そちらに向き直ると、最近すっかり見慣れた鉄色の髪をした眼鏡《めがね》の人物が立っていた。

「あ……カーライルさん」

「普通は、竜の方が命がけになるわけですから、緊張するそうなのですが」

王太子の視察の際に、臨時に同行していたイヴァルト一級秘書官カーライルは、視察が終わり一行が王都へ帰還したあとも、この辺境伯領にとどまっていた。もちろん、仕事としてである。

王太子から、臨時ではあるがと前置きつきで、各国から参加する密猟者討伐部隊への協力者として、イヴァルトはカーライル一級秘書官を任命したのである。そしてそのまま、この辺境に残り、今日まで送られる情報を一人でまとめてくれていたらしい。

「辺境伯夫人は、竜の代理として出席されるのですから、堂々と胸を張っていらっしゃればいいのではないかと。この場の最も重要な種族なのですから」

そうして三人揃って屋敷の馬車止めへと向かっている途中に、キヌートからの馬車が街に入った知らせがもたらされたのだった。

第二章　愛情深く

馬車止めに到着したのは、二台の馬車だった。

一台はキヌートの第三王子が。そしてもう一台にはローレンスとガラール一行が乗車しているらしい。

三人は、全員がコーダへの宿泊予定であるため、使用人や荷物などはすでにコーダの宿泊施設に入っているらしく、こちらには姿を見せることはなかった。

馬車から降りた一行を出迎え、興奮している竜達の様子を見て、すぐに屋敷の中へと客人を案内する。

「私は庭で少し竜達と話をしてきます」

食堂に入る前にメリッサがそう告げて席を外す許しを得ると、庭の竜達の元へ姿を見せた。

案の定、庭にいた竜達の半分くらいが空に上がり、庭に残っていた竜達は、人から離れた庭の中央に固まっていた。

あらかじめ、竜達には今日《きょう》客が来ることは話しており、午前顔を見せていた青の竜は、すでにねぐらに帰ってあちらの竜達を落ち着かせているのだろう。メリッサが予想していたよりも緑の竜達も落ち着いているらしく、空にもそれほど飛び回っていないようだ。

青の竜がいない代わりに、ここに白の女王が残り、ここに残る子竜を守る態勢ができている。

先ほどちらりと見たところ、子竜の好奇心の強さを抑えるために、騎士を傍《そば》につけたのだろう。親竜達は子竜と騎士の姿を、みずからの体ですっかり覆い隠し、屋敷からは見えないようにしているようだった。

メリッサが庭に姿を見せたことで、白の女王が黒鋼の柵《さく》に近寄って、柵の上から頭を出して、挨拶《あいさつ》とばかりに鼻先をメリッサの額にちょんとつけた。

「騒がせてごめんなさい。客人達は庭から見えない部屋でこれからお昼ご飯の時間なの。白は屋敷の中なら、ヒューバード様が見えなくても大丈夫よね？」

その問いかけに、白の女王は微笑《ほほえ》むように目をすがめ、小さく頷《うなず》いた。

「私も同席するけど、ヒューバード様のすぐ傍の席だから、安全よ。だから青や他《ほか》の竜達にも、心配しないでって伝えてね」

グルルゥ
白の女王は、了承の返事をして、メリッサに鼻先をスリスリと擦《こす》り付ける。それは白の女王からの応援だった。

今までメリッサが客人を迎えるときに一緒にいてくれた義母が、今回は王都でおこなわれる王太子の成人を祝う行事に参加するために出かけていていない。

義母からは出かける前、もう大丈夫だと、自信を持って女主人として客人をお迎えしなさいと声を掛けてもらっていたが、やはり少し、緊張していたらしい。

今の白の女王の応援で、自身の緊張を感じたメリッサは、そこで大きく深呼吸した。

「……ありがとう、白。頑張ってくるわ」

グルゥ
竜達に見送られ、手を振ってから屋敷に戻ったメリッサは、客人の食事の状況を聞き、自分は軽く昼食を済ませてそのまま会議をおこなう場所の準備ができているのかを確認してから、食堂へと入っていった。

そこでは室内にいた最近すっかり見慣れた客人と、そして一人だけ初見の客人が、侍女達によってお茶を振る舞われているところだった。一人は最近ものすごく見慣れることになったヒューバードと似たような色合いの髪と目のヒューバードの母方の従兄《いとこ》であるキヌートのローレンスと、同じくここ最近、竜のねぐらの密猟団についての話し合いでよく顔を見ていた、キヌートの第三王子の金茶の髪が、この場所で唯一人明るい髪色で、大変目立っている。

もう一人、メリッサが顔を覚えていない相手は、ガラールの使者だろう。少し小太りの、焦げ茶の髪と目をした中年男性は、時折聞こえる竜の鳴き声に怯《おび》えるように、窓の外を気にしながら落ち着かない様子でなんとかお茶を口に含んでいる。

「遅くなって申し訳ありませんでした」

「いや。ちょうど食後の歓談の時間をとろうとしていたところだった。竜達はおとなしくしていたか？　特に緑は気が立っている可能性が高いからな」

ヒューバードがそう告げると、ローレンスが眉間《みけん》を押さえながらガラールの使者に視線を向けて、ため息をついた。

「私の父が、緑の竜に失礼を働きまして。私自身は、以前青の王竜直々のお言葉をいただいたので、若干警戒を緩めていただいたと認識しておりましたが、まだダメだったのでしょうか？」

ガラールの使者に説明しながら、心配そうにメリッサに問いかけるローレンスに、メリッサは笑顔で告げた。

「大丈夫ですわ。以前のように、この領域にいるすべての緑が騒いでいるわけではないようで、空にもそれほど集まっていませんでした。青の言葉が、ちゃんと届いているんだと思います」

「それなら、宿泊場所もコーダのままで大丈夫だな」

「はい。白の女王の視界に入らない場所で、ヒューバード様とフェザーストン卿の同室を認めたということは、大丈夫だと判断したのだと思いますから。それなら緑の攻撃的な行動も、ある程度抑えてくれると思います」

それを聞いたガラールの使者は、窓の外を若干気にしながら、メリッサに問いかけた。

「あの、それは、私どもにも何か影響があるのでしょうか？」

ガラールの使者が、今日はじめて竜と対面するというのは聞いていた。

以前、加工されてしまった紫の鱗《うろこ》を追跡して青の竜がとある貴族の屋敷に飛び込んだ件は、今もあちらで語られているらしい。間近で竜を初めて見た騎士や、一直線に屋敷に飛び込んだ様子を見ていた街の人々の恐怖心は、あっという間にガラールの国々に伝播《でんぱ》していた。そのため、今は竜に対する恐怖心が強く、使者の役目を受けたのは当時街にいなかった人が受けているとの話は伝えられていた。

「いえ。竜達もはじめての客人に対しては多少警戒はしますが、一度顔を見てしまえば、その後特別敵対心を煽《あお》るようなことをなさらなければ、全く問題はありません。竜との付き合いで、初対面のときの印象というのは何よりも尾を引くので……フェザーストン卿は、まずフェザーストンという家系に敵対心が大きかったのがいけなかったのかと……」

もっと考えれば、フェザーストン家の竜とウィングリフ家に対する敵対心が大きかったのが何より問題だったと言える。ローレンスの場合、はじめて会った時点で、すでに緑の竜達の敵対心は最大だった。

ローレンスの幸運は、ひとえに青の竜がローレンス自身をずっと見定めていたことにつきるだろう。

「青の竜がいる今でなければ、フェザーストンの人間がこの辺境で再び受け入れられることはなかった。竜達の意思決定は、青の竜がすべての判断基準となる。これは、白でも覆らない絶対の理。青があらかじめ許可を出し、受け入れることを表明していてくれたからこそだ」

ヒューバードが静かに告げると、ローレンスも頷き、同意を示す。

青の竜がいいと言えばいい。駄目だと言えば、駄目となる。青の竜がこの辺境にいるなら、この屋敷の客人はすべて青の竜が見定めていることになる。

そういえばと、メリッサが思い出したことがある。青の竜が生まれたての頃《ころ》、メリッサがヒューバードをはじめとした辺境伯家の人々に、くれぐれもと頼まれたことがある。

青の竜を、人嫌いにはしないで欲しい。

今、青の竜は、人に対して寄り添う気持ちが大きい。今までメリッサが傍にいたように、青の竜は今、人に寄り添ってくれている。

「これから例の問題についで話し合うことについても、竜達が立ち会いを求めている。申し訳ないが、竜達の庭に面した部屋で、窓を開けた状態であることをご了承いただきたい」

ヒューバードがそう告げると、キヌートの人々もガラールの使者も、静かに頷いた。

「もとより、これは竜達に伝えるために調べて参りましたので」

キヌートの王子がそう言うと、ガラールの使者は若干顔色を悪くしながらも、なんとか表情は平静を保って頷いた。

「我が国でも、王妃陛下より竜達にしっかりとお伝えするようにと言いつかっております。直接対面してとなると自信はございませんが……」

「竜の庭に面している場所なので、竜の視線を感じることはご勘弁を。ですが直接対面して説明するのは、私と妻の役目です。ご安心ください」

ヒューバードがそう告げると同時に、早く来いとばかりに庭にいる白の女王らしき鳴き声が屋敷に響く。

「私の白の女王が、待ちわびているようだ」

「他の竜の鳴き声も聞こえますね。お昼寝が終わったんでしょう。みんな、今日のお話を聞くために集まっていましたから、今の白の女王の声で、目覚めたようです」

それを聞いた部屋の面々は、特に何も言うこともなく、部屋を移ることに同意して移動を始めたのだった。

会議の場として用意されたのは、巨大な長方形のテーブルがある部屋だった。主に会食目的で使われる部屋ではあるが、現在それぞれがまとめてきた資料を開示するためには、テーブルが必要だったのだ。

キヌートは、大きな地図を用意し、キヌートとイヴァルトが隣接する広大な地域に点在した密猟者達の拠点と思われる地点を書き記し、一目で距離がつかめるようにした。現在発見されたその地点の壊滅を報告した上で、説明を開始した。

「まずは我が国より、各拠点で捕縛した密猟団から得られた証言と資料、そしてそれに伴う追跡調査の結果をお知らせします」

第三王子がそう告げ、それを受ける形でローレンスが立ち上がる。

「まず、イヴァルトから何より優先とされていた紫の鱗について。こちらは、密猟団から流れた部位についての証言です」

ヒューバードに事前に送られていた資料に、数枚追加された資料が渡される。それをヒューバードから渡されて目を通す間に、ローレンスは竜にも聞こえるようにはっきりと資料について解説をしはじめた。

「彼らが真っ先に売りに出したのは、竜の指だったそうです。それは、リュムディナでは過去採集されたらしい紫の竜の爪《つめ》が流通に乗ることがあり、新しいものでも比較的流通に乗せやすいから、という話でした」

「新しいものでも、か……？　今、あの国には、上位である紫も白も青もいない。新しい爪など、存在のしようがないはずだが」

ヒューバードがいぶかしげに告げると、ローレンスも頷いた。

「確かにそのようですね。そのため、今、紫の爪は逆に高騰傾向にあるのだそうです。過去の竜の爪が流通に乗ると、金に糸目をつけない者もいるのだそうです」

「……だから、前足をそのまま持って行ったのか……？」

ヒューバードの声が一段低くなる。今の話を聞き、外の竜達から怒りの感情が感じられる。日頃《ひごろ》、そんなものを感じたことのないメリッサですら鳥肌が立つほどだ。

しばらく硬直していた客人達は、ようやく動きはじめると、ローレンスの報告を引き継ぎ、若干顔色を青くしながらガラールの使者が口を開いた。

「では、我が国が取り調べた証人からの証言です。まず、彼らは前足をそのままリュムディナへ持って行きましたが、爪と鱗をばらして売り出したようです。とともに、もう一つ。竜の血液も、同時に取引されたようです。こちらの血液は、持って行った竜の前足から流れ出た血液を、そのまま瓶詰めして売り出したもののようです」

声を上げるのを抑えるために、思わずぐっと唇を噛《か》む。怒りのあまり振り上げそうになる手を抑えるためにスカートを握ったメリッサの手の上に、となりに座っていたヒューバードの手が伸び、そっと重なった。

「……今あちらには、竜の血肉を口にすることで寿命が延びるとかいう戯《ざ》れ言が流行していると聞いている。……もう、誰《だれ》かが口にしたのか？」

竜達の視線を背負いながら、ヒューバードがそう問いかける。

「……はい。残念ながら」

それを聞いた瞬間、メリッサの手をヒューバードがぎゅっと握りしめた。

今まで、手に視線を向けていたメリッサが思わず顔を上げれば、そこには眉間にしわを寄せ、今にも倒れそうなヒューバードの顔があった。

「大丈夫ですか」

　思えば、ここにいる人の中で、唯一ヒューバードは、現在竜達が訴えている声が聞こえている。おそらく今、竜達が悲しみ、声を上げているのだろうことを考えれば、ヒューバード一人がそれを受け止めているのだ。

「ああ。これはまだ、上位竜達の怒りの感情だけだ。それも今、白が抑えてくれた」

　はっと庭に視線を向け、奥の方で子竜と下位竜を守るように一緒にいた白の女王を確認する。白の女王は、子竜達を落ち着かせるように舐《な》め、こちらに視線を向けないままだったが、話はしっかりと聞いているらしい。

「白……ありがとう」

「すまない、話を続けてくれ」

　ヒューバードの異変に気づき、固まってしまっていたガラールの使者は、話を促されて慌てたように額の汗を手巾で拭《ぬぐ》ってから、再び口を開いた。

「その……紫の竜が呪《のろ》われていると判明したのが、その血を飲んだ方の死に様があまりにも悲惨だったからだと……」

「あいにく、この大陸では竜の体を口にしようなどと考える者はいないからな。どんな状態になったんだ？」

そう尋ねたのは、第三王子だった。

「それが……飲んだ直後から、大量の血を吐きはじめ、亡くなったあと遺体を調べてみると、飲んだその日のうちに内臓がすべて腐っていたと、そう話しておりました。それ故、この状況は紫の竜の怒りが大きい、つまり呪われているのだろうと判断したと、そう証言したそうです」

それを聞いたこの部屋にいた全員が顔色をなくしてうつむいた。

「それで、呪われた紫の遺骸《いがい》を処分するため、急いで海に捨てようとしたわけか……」

かつてこの辺境にリュムディナの姫を追いかけやってきた商人の顔を思い出し、ヒューバードはつぶやく。

しかし、ガラールの使者から突然その場に今まで以上の大問題が示されたのである。

「あ、いえ。どうやらその前足を入手していた商人は『竜を呼ぶ』鱗を探していた知人がいたらしく、その知人に前足を販売してしまったようです」

その瞬間、部屋の中どころか、庭の隅にいる白の女王までが、空気ごと凍り付いたように固まった。

「……まて。その知人は、『竜を呼ぶ』鱗を探していた？」

「そもそも、それはどこの誰ですか」

「どこでその取引はおこなわれた!?」

「鱗は竜を呼びますが、今のところ、竜が騒いだ一報が入っていませんがどうやって運んでいるんでしょうか?」

全員が一斉に、ガラールの使者へと詰め寄り、各疑問を口にする。それを聞いて、目を白黒させながら、ガラールの使者は必死で首を振った。

「も、申し訳ないのですが、そのすべてに答える用意はできておりません」

その一言で、全員の動きは再びぴたりと止まった。

「我が国が追うのは、まず第一に、王竜にお約束いたしました紫の遺骸。そのお約束を果たすのが第一と、それを取引した者達の詳細に関しては、詳しく追うことはしておりません。申し訳ありません」

ガラールの使者は、まずそう告げてヒューバードと竜達に頭を下げた。

その上で、最後に残った紫の遺骸の行き先について、説明を始めた。

「紫の遺骸ですが、まず一部を密猟者自身が商人に扮《ふん》し、リュムディナに持ち運びました。そこでリュムディナの業者にそのまま販売したことが判明しています。このあたりは、先にお話しした通りです。それで、血の異常性を知り、呪いの存在を察知したあちらの業者は、処分のためにもう一度こちらの大陸に送り返そうと、ガラールに向かう商人に渡しました。ただ、この際、まだ前足の形で残っていたものは、先ほどお伝えしたように、『竜を呼ぶ』呪われた鱗を探していた商人に売り渡したのだそうです。相手はより強力なものを探しており、鱗数枚よりは腕をそのままの方がいいだろうと思ったようです」

「その商人は、どこから来た商人だ」

「詳しい出身や、店舗の有無などまではまだ確認できていません。その商人は、旅商人らしく長年リュムディナで目的のものを探しており、入手後、すぐさま西大陸行きの船に乗りました」

つまり、こちらの大陸に来ているらしい。

「それは、商人が元々こちらの人間だったということか」

「もしくは、こちらに商売相手がいるのでしょう。その、『竜を呼ぶ』ことを求める人が」

ヒューバードのつぶやきに、メリッサはそう返すと、改めてガラールの使者に話の続きを促した。

「それで、その商人は、ガラールの港に降りたんですよね？」

「一応は」

その曖昧《あいまい》な言いように、メリッサは首をかしげた。

「一応、ですか？」

「ガラールの外洋船も入港可能なシュルツの港は、すぐ傍に大陸の周囲を回る近海船用の港もございます。今のところ、その船に乗り換え、近海船の港を経由しながら、南回りで移動しております。現在最新の情報としては、インクの港に到着したと連絡を受けました」

その港の名前を聞き、意外そうに目を見張ったのは、ヒューバードとローレンスだった。さすが従兄と言おうか、こういう表情は大変よく似ている。

「インクというと、どこのあたりになるんでしょうか？」

　メリッサは、それほど地理に明るくないため、それがどのあたりなのか全くわからない。わからないことは素直に聞くのが一番であると他でもない、ヒューバードに告げられているため、夫の教えに従い、聞いてみた。

「……キヌートから見て、トルーガ山脈を挟んでちょうど東に位置している、中央国家群にある港だな。中央国家群は、インクの港の周囲に点在する小国が通商に関しての同盟をおこなっていて、各国の商人達はこの同盟国の中なら、インクの港で入国審査が通れば、そのまま簡単な審査で各国に移動できるようになる。……商人がここで降りたのなら、どこにでも道が繋《つな》がっているから、目的地が読めなくなる」

　ヒューバードは、若干目を細め、ガラールの使者から渡された資料をにらむように見つめていた。

「……え？」

「出発地点がガラールということは、大陸南部を回ってからずいぶん北上していますね。一体どこまで船で行くつもりなんでしょう。中央国家群の領域を過ぎれば、先はノヴレー、カント、そして山脈を越えてイヴァルト、でしょうか」

　ローレンスも、少し眉間にしわを寄せ、同じように資料をにらんでいる。

どうやら二人とも、似たような考えに至ったのか、手元の資料を何度もめくりながら、最終的に同じ頁《ページ》で手を止めた。

「インクの港でもまだ降りないとなると、かなり北なのは間違いないな」

「大陸のほぼ中央。あとはどの国に行くにしても、陸路でも一日ほどで国境を越えられる。商人だというなら、むしろそちらの道を通りそうなものだが、それでも船で移動している。本当に正確に道をたどれているのなら、これはもう中央国家群は関係ないとみるべきかと」

二人はそう断言し、同時に顔を上げた。

「これの続きの報告は、まだ上がっていない、ということで間違いありませんか」

ローレンスの問いかけに、ガラールの使者が明瞭《めいりょう》に答えた。

「はい。なにぶん、我が国からインクの港は、通常航行で三週間ほどかかります。一旦出発すると、情報が帰ってくるのも相応に時間がかかりまして……」

それはこの場にいる全員がさもありなんと頷いた。何せガラールはこの大陸の南端にある国だ。そこからキヌートでちょうど大陸の中央くらいとなる。しかも、今現在ガラールからたどっている中央国家群は、大きく外海に向かって張り出す形をしており、そこを船で行くなら、普通にキヌートへの距離よりも遠くなるはずだ。

使者も、結論が出てから報告をしたかったのだろうが、距離的な問題で無理だったのだと納得するしかなかった。

「……フェザーストンよ」

「はい」

今まで基本的に聞く姿勢だったキヌートの王子が、ローレンスに問いかける。

「我が国からインクの港に向かうとしたら、何日かかる？」

「お答えいたします。我が国から向かうとしても、トルーガ山脈を越えることはかなわず、最終的に陸路でイヴァルト北部から山越えして迂回《うかい》し、カントとノヴレーを通過するしかありません。となるとかかる時間としては海路を使うガラール国と変わりません。ですが、目的地がこれより北部に向かうならば、我が国、もしくはイヴァルトから向かう方が早いでしょう」

王子も、その答えは理解していたのだろう。そのまま視線をヒューバードに向け、問いかけた。

「イヴァルトは、インクの港から北部にかけて、外交の拠点はどうなっているか、こちらに明かせるなら聞きたいのだが」

「イヴァルトは、山脈の向こう側の国には、どんな小国であってもすべて拠点があります。何せ、あの山脈を越えられる唯一の手段である竜騎士団がありますから。そのため移動に関する取り決めは、おそらく他国が想像するより細かく決められています。特に着陸に関しては、各国でかならず決められた着陸点を使うために、その場所を保護する目的で拠点が置かれています」

今も窓の外からじっと見つめてきている白の女王に、自然と視線は集まった。国としては、確かに脅威だろう。山脈があるために軍隊など移動はできず、攻め入られることもないはずが、空を飛んで入って最強の竜騎士に攻めてこられたら、自分達では止めようがないのだから。

「あの、でも、竜達にも自由に山脈を越えることは、許されていませんでしたよね？　たしか、竜騎士団の規則でも、山脈を越えた先を目的地とする場合、事前に各国の認可が必要となっていたはずです。竜達は普段でも、山脈の方に飛ぶことはなかったように思うのですが」

メリッサが知るのは、竜の宿舎に自由に入るための許可証をとるために勉強した程度のことだ。当然、それほど細かく、竜の飛行に関する情報を学んだわけではない。だが、山脈を越えることになったあとの竜に関しては、特に注意深く観察し、怪我《けが》などをしていないかの確認は義務づけられていた。

どうして山脈越えだけにそこまで注意を払わなくてはいけないのかなど、メリッサは考えたこともなかったのだが、あちらに住む人々にとって、竜騎士の存在がどれほどの脅威なのかを考えれば容易にわかる。人が長年越えることがかなわなかった山脈を越える翼を持つ竜と、それを自在に操ることができる騎士の存在は、あちらの国々にとってはその影を見ることすら恐ろしい存在だろう。

「その通りだ。だからこそ、竜騎士の移動にすぐに対応できるよう、かなりの人数を割いてあちらの国々に拠点を作っている。……我々は、竜で山を越えた瞬間、あちらには誰が来たのかまで伝わりかねない。その上、常に竜騎士の動向は注目しているようで、あちらでの情報収集などの難易度は高いそうだ」

「つまり、イヴァルトの密偵はあちらではほぼ活動していないと見ていいのかな？」

　第三王子が確認するように問いかければ、ヒューバードは静かに頷いた。

「常に動向が監視されているイヴァルトが関われば、他国の人間でもその分視線を集めることになります。陽動が目的ならお役に立てそうですが……。我が国は、竜の保護を優先に動きますので、それ以外で動いていると、すぐに調査が入るでしょう」

「他国の者が関わっていても、その調査にひっかかって不利になる、というわけですか」

　ヒューバードの言葉を補足するように繋いだローレンスは、しばらく考えるように沈黙すると、改めてキヌート王子に向き直った。

「事前に、イヴァルトの方にも協力を求めていたのですが、イヴァルトの密偵は、人数はそれほど入ってはいないようです。さらには調査しているものが竜に関するものとなると、その情報はあっという間に調べられてしまうようです。やはり我々キヌート主導で動く方がいいようですね。我が国が先だって送り出した調査部隊を主体として、ガラール国とイヴァルトの情報を収束させるようにする方が効率がいいかと」

　その意見はその場にいた、竜まで含めた全員に受け入れられた。

「我が国からの報告は、先ほど申し上げた通り、ノヴレーに我が国の調査隊を秘密裏に入れました。現在は拠点を作り、かの国の対竜兵器の流通状況と、対イヴァルト、対竜の表明をしている貴族から、ねぐらへの介入をしている存在を割り出している最中です」

第三王子がそう告げると、それを補足するようにローレンスが続く。

「それに際し、我が国からイヴァルトに対して、北部を抜ける関所の通行の便宜をお願いしました。イヴァルト王国からの許可を得て、ノヴレーへと向かうことにしましたので、報告は直接、イヴァルト王宮の竜騎士隊へお預けすることにしました」

「……了解した」

そうしてある程度の報告と決定事項をまとめ終わった頃、竜がねぐらに帰る時間になっており、何頭かの竜達がすでに空に上がり始めていた。

「申し訳ありませんが、私は白の女王の見送りのため、そろそろ庭にまいりますね」

窓の外にいた白の女王に声を掛けられた気がして、慌てて立ち上がると、ヒューバードがそれに続いて立ち上がった。

「そろそろ、竜達は移動時間のようです。私は竜達から、今日の会議の内容について、意見を求めてきます」

ヒューバードがそう告げると、ひとまず今日のところはそれぞれ持ち帰り、明日《あす》にはそれぞれの国にあげる報告書と要請書を作成することになり、解散となった。

客人達を案内することなく、夫婦二人で庭へと向かう。

ちなみに客人達は、竜達が帰還して少なくなってから街へと向かうことになっている。今はハリーの案内で再び庭から遠い部屋へと移動して、くつろいでもらっている。今までずっと竜に視線を向けられたまま緊張を強いられている状態だったのだから、そのままで宿泊施設に送るのは、さすがに接待する夫人の仕事としてどうかと思ったのである。

しかしメリッサ自身は、人の客人より竜を優先しなければならない。今も外から、メリッサを呼ぶ竜の鳴き声が聞こえてきている。

「今日はみんなねぐらに帰るんですね」

足早に移動しながらヒューバードに語りかけると、ヒューバードはメリッサの移動速度と同じ速さで移動しながら、ああ、と答えた。

「ガラールの使者がいるから、白の女王はここを見張り、子竜達は親達がつれて帰るんだそうだ」

そしてあちらにとどまっている青の竜がねぐら全体に目を光らせるのだろう。

「ガラールは、まだそれほど信用がない、ということですか。それを考えると、キヌートの方々は、もうある程度の信用があるんですね」

メリッサは、ヒューバードの姿越しに窓の外に視線を向け、竜達がざわめく姿を見て、さらに足を速める。

「確かに、ローレンスさんは、なんというか、竜の相手がそつなくできるようになってますね」

「ああ。あれはもとより外交官だったろう。元々、外交官というのは、交渉や対人の能力が高い者がなる職業だ。それが竜に対しても発揮されて今の状況なんだろう。今のところ、うちに関わるフェザーストン家の人間は一人だけ。おそらく、ローレンス自身が事情を説明し、家から離れて自分一人が相対することにしたのだろうな」

確かにそれは、効果的だった。元々、フェザーストン家全体が竜達に嫌われることになったのは、義母の実兄である前当主が原因だったと聞いている。実兄は直接緑の竜に対して暴言を吐き、さらに見分けがつかないからと領地に顔を出した野生の緑の竜にまで、嫌がらせをして追い払っていたという。

今はもう当主が変更になり、フェザーストン家はローレンスの兄が継いだそうだが、一度フェザーストンを敵とした緑の竜達が生きている間、ずっとキヌートは竜達との付き合いに緊張を強いられることになる。ある意味、ローレンス一人で対応した方が、青の竜が直接一族を率いている間なら確かに竜達にとっても平穏でいられることだろうとなり、竜達もそれを受け入れた。

そのおかげで、今はキヌートの協力も得られ、長年当主一人で対策するしかなかった竜の密猟者達の存在にも、対策がとられることになった。

そして、イヴァルトでも、この辺境に竜騎士が当主ただ一人というその違和感についての議論が起こっている。

「……メリッサ、どうかしたのか？」

突然となりにいたヒューバードに声を掛けられ、メリッサは我知らず浮かべていた微笑みもそのままに、そのときの心のままに言葉がこぼれた。

「……ずっと、ずっと同じ生活が続くと思っていました。竜達も、昔の青の言葉を大切に守りながら、ゆっくりときを過ごしていくんだろうと思ってました。それを守るのが、私の仕事だって。だけど……たった三年で、こんなに変わるんだって思ったんです」

ヒューバードの姿をしっかりと見つめながら、メリッサはヒューバードに告げた。

「ヒューバード様がずっと、手を引いて私をここに導いてくれたから今があるんですね。……私、本当に、ここに来て良かった。本当にありがとうございます、あなた」

それを聞いた瞬間、ヒューバードの足が止まった。本当に、ぴたりと瞬間を切り取ったように静止したヒューバードは、メリッサが不思議に思って首をかしげる寸前に、息を吹き返したように再び動きはじめた。

メリッサの手を取り、きゅっと握りしめ、手を引きながら再び足を動かしはじめたヒューバードは、まっすぐ前を向いたまま、うれしそうな笑みを浮かべていた。

「こちらこそだ、奥さん。……私がここを継ぐことが決まったとき、私自身は行き詰まっていた。白に乗ることになったのは、きっとここを継ぐ最後の一人が自分だからなのだと思い、未来をずっと諦《あきら》めていた。そんな私に、両手を伸ばし、求めてくれて、抱きしめてくれた君がいたから、今がある」

思わず頬《ほお》を染め、目を見張ってヒューバードを見つめていたメリッサに、ヒューバードはほんの少し耳元が染まった顔を向け、行こうと促した。

「私達の守るべき竜達が待っている」

今も窓の外で鳴き声を上げる竜達が、まるでそのヒューバードの声に同調したように響く。

それに促されるようにメリッサは自然とヒューバードに取られていた手を力強く握りしめ、ヒューバードの手をみずからが引く勢いで、早足で移動を始めた。

「はい、行きましょう！」

メリッサは、赤く染まった頬を隠すことなくまっすぐ前を向き、ひたすら庭を目指したのだった。

翌日は、朝の竜達のおやつが終わった時間に、客人達は揃《そろ》ってコーダから辺境伯邸へと移動してきた。

すでに議論はおこなわれ、報告もすんでいるから、メリッサ自身はもう客人と相談することはない。そのためメリッサは、庭で竜達と一緒に過ごすことになっている。

客人がいる間、やはり落ち着かない竜達を落ち着かせるためにも、メリッサが竜の傍にいた方がいいと判断したのはヒューバードなので、素直にそれを受け入れた。

昼には客人達は、完成した書類とともにそれぞれ国に帰還することになっているため、メリッサは庭から指示を出し、客人の食事や馬車の点検、馬の手配などの報告を受け、問題なさそうなことにほっと胸を撫《な》で下ろす。

キュアァ？

報告を受けるメリッサの足下に、気がつけば子竜達がまとわりついていた。

親竜達も傍にいるが、一応今まで報告していた侍従を下がらせ、足下にいた子竜達を撫でてやる。

キュウ、キュアァ？

どうやら、何をしているのかと聞きたかったらしい。メリッサは、にっこり微笑み、簡潔に答えた。

「今、私はお仕事をしているの」

ギャ？

「私のお仕事は、あなた達がここで楽しくいられるようにすることと、人の客人が来たときにその客人がここで嫌な思いをしないようにすること。そして何より、竜と騎士達が降りる場所を守ること。そのお仕事のうちのひとつを、今やっていたのよ」

キュー……キャウ

手伝うと言ってくれたようだが、その申し出には頷かなかった。

「いつもありがとう。でも、今お手伝いはないから、親竜達のところで遊んでいてね。またお手伝いしてもらうことができたらお願いするからね」

そう言われると、子竜達はしばらくメリッサを見つめたあと、おとなしく解散して、それぞれの親のところへと帰って行く。

ここにいる子竜達が、メリッサに手伝いを申し入れるのはすでにいつものことと言えるくらいになっている。メリッサが来てからここで育った子竜達は、みんなメリッサを手伝うことをためらわない。どうやら竜達の暗黙の了解か、手伝うのは子竜が優先となっているらしいのだが、すでに成体として認められた竜達が、メリッサが手伝ってと伝えるとウキウキとした足取りで柵の近くに駆け寄ってくる。

これもまた、メリッサがここにいる間にあった変化だった。

青の竜は、確かに特別だ。幼い頃ならまだしも、成体となってからメリッサが傍にいるときは本能的に動く尻尾《しっぽ》や翼も抑えている気配があった。さすがにそこまでの自制は他の竜には無理だが、それでもメリッサを傷つけるようなことはしないし、メリッサの傍に常に紫の竜がいて、周囲に目を配っている。紫の竜達は青の竜に頼まれてメリッサを守ってくれているらしく、必要ならば他の竜をけん制して、メリッサから距離をとらせるようなこともしていたため、竜が人に対してここまで気遣えるのかと、まず辺境伯家の使用人達全員に驚かれたのは青の竜が生まれて半年もしない頃のことだ。その頃からずっとメリッサを守るように、紫の竜は青の竜や白の女王がいなくても必ず一頭は庭にいる。

今日も、青の竜の傍付きと別の紫の竜が、ちゃんとメリッサの近くの柵のところで寝そべって、目を閉じたままゆったりと眠っている。青の竜は、客人が屋敷に入ったあと、少し出かけてくるねと言って飛んでいったが、白の女王がいてもその紫の竜はわずかも動くことはない。その姿を見て頼もしく感じるのは、すでに何度もこの常駐の紫の竜達が、メリッサを助けてくれたからだろう。

王宮で過ごしていた間は、さすがにここまで竜の傍にいられるとは考えたこともなかったのだ。竜騎士が傍にいない竜達には近寄れなかったし、騎士が傍にいたときでも竜が傍にいる間はゆっくり落ち着いて、などということは白の女王の傍以外ではなかった。

メリッサは今日も傍にいる紫の竜に、ひとつ問いかけた。

「今日は青はすぐに出かけてたけど、何か騒がしいことでもあった？」

紫の竜はそう問われ、うっすらと目を上げてメリッサに視線を向けたが、そのまま何も答えることなく目を閉じる。

これは何もなく、ただ食事に出かけたのだと理解したメリッサは、再びいつもの定位置となった、竜の庭に据えられた庭用の机に向かい、仕事を再開した。青の竜が帰ってくるまでに自分の手を空けるべく、目の前の書類に集中したのである。

その後、青の竜は客人が辺境伯邸から立ち去る寸前に庭に帰ってきた。

馬車の支度が整い、あとは乗るばかりとなったときに、まるでそれを見ていたように姿を現した青の竜に、客人達は急ぎ退去の挨拶をするために玄関前に並んだ。

「青の王竜。我らは国に帰り、それぞれの務めを果たす。今しばらくお待たせするかもしれないが、全力で辺境伯への協力を約束する」

「我が国も、引き続き、調査は継続いたします」

グルルゥ、ギャウゥ

青の竜は、あっさりと『うん、よろしく』とだけ告げて、再び庭の中央へと向かっていく。

そのまま白の女王の下へと向かい、何かを確認するような仕草を見て、メリッサはほんのわずかな違和感を覚え、客人を見送ったあとにそれを問いかけた。

「青、どうかしたの?」

ギャウ?

青の竜は、いつものようにメリッサに笑顔を向けながら、『なにが?』と首をかしげている。

その様子はいつもの通りなのに、先ほどの行動と一緒になると、違和感がわずかにある。メリッサも、どこがおかしいと言えるわけではないし、青の竜の行動を何もかも知っているわけでもないため、自身の感じた違和感がどこに由来したものなのかもわからない。

体調が悪いわけじゃない。機嫌も悪いわけではない。それなら竜に何かあったかと思うところだが、先ほど紫に問いかけた答えは、確実に何でもない、だったはずだ。

同じように客人を見送っていたヒューバードが、メリッサの考え込む様子を見て黒鋼の柵の近くに移動した。

「メリッサ、何があった？」

「……青が、何か気にしているみたいに見えたんですが……特に辺境では何もないと聞いていたのに、おかしいなと思って」

それを聞いたヒューバードは、そのまま視線を、青の竜ではなく白の女王へと向けていた。

白の女王と頭の中で会話したらしいヒューバードは、メリッサに向けて静かに首を振る。これは、白の女王もその違和感の理由を知らない、ということなのだろう。

「青、もしどこかで何か、竜の一族に関する違和感があったなら、私達にも共有してもらえないか。人間は、お前ほど広範囲の出来事を知ることができない。何かを人が察知できたあとだと、どうしても動きはじめるまで時間がかかってしまうんだ」

メリッサは、ヒューバードが青の竜に伝えたその言葉に同意するように、うんうんと頷いてみせる。

しばらく、そんな二人の様子を見ていた青の竜は、首をわずかにかしげながら、王都の方角に視線を向けた。

　ギュア……グルゥグルルルゥ
『何か、視線を感じた気がした』

「視線？」

　その言葉を受け、思わず青の竜が視線を向けている方角をメリッサも確認した。

　当然ながら、そこにはいつもの青空と、乾いた土と低木ばかりが目立つ、辺境の荒野が広がっている。視線を向けるような何かがいるわけもなく、メリッサはただ首をかしげるしかなかった。

「青。お前が、相手を探知できなかった状態で、見られたと感じたのか？」

　グルルゥ、グルル
『だから、気がしただけ。すぐに相手を探してみたけど、何もいなかった』

　青の竜も、違和感を覚えた時点ですぐに相手を探してみたらしい。どうやら、先ほど出かけていたのは、その確認のためだったようだとわかり、メリッサはにわかに背筋を伸ばした。

　ギュウ……ギュアグアァ
『白も何もいなかったと言ってるし、もしかしたら王宮のねぐらの竜が何か感じたのかもしれないかな、とは思ったんだけど』

「その答えぶりだとあちらにも異変はなかったと？」

青の竜は、その問いかけに素直に頷いた。どうやら紫の盾に問いかけて、特に何もないと答えられてしまったらしい。

ギュウウウ……グルウウウ

青の竜が何かを感じたのは間違いなく、その方角がわかっているだけでその理由はわからない状態は、青の竜も不安を感じているらしい。

「……王都の竜達にも注意を促して、ついでに軍の方に、何か近場で違和感がないかを探ってもらうくらいしかできないか」

「王都の竜達は、注意を促すだけではなく、できるだけ出動しないようにした方がいいのではありませんか？」

ヒューバードの言葉を聞いたメリッサは、その報告に関して思わず止めた。

「……メリッサは、今回の件は、重要だと思うか？」

まだ考えのまとまらないらしいヒューバードの問いかけに、メリッサは青の竜に視線を向けながら頷いた。

「他の竜達が気づかない異変も、青の竜は拾うんですよね。そして以前、紫の遺骸のときに違和感を覚えたのは、青が最初だったはずです。似たようなことになる前に、せめて下位竜達の動きは止めるべきかと思いました」

ヒューバードはそれを聞いて、しばらく目を閉じ、一人沈黙していた。

紫の遺骸は、辺境から奪われたあと、イヴァルトの王都よりも遠いガラール王国内で加工されてしまい、それによって呪いの威力が増して竜達に害をもたらす存在になってしまった。

それからキヌート王家にその加工された遺骸が贈られたことで青の竜が知るところとなったわけだが、辺境からキヌートの王都だと、距離的に他の竜は加工された遺骸の存在には気づけなかった。

それから考えると、もし似たようなものができていた場合、その状態で青の竜以外の竜達が近寄れば、どんな不調が表れるかわからない。

今回の、青の竜だけが感じられた違和感が、どうにもそのときのことを思い起こさせ、メリッサの心の中で警鐘が鳴っている。

「……明日、白の女王で少し遠出してみる。クルースより先に行けば、白の女王でも感じるものかもしれない。それと同時に、王都に送る書類に、今回の件も知らせることにする。あちらにも、紫は二頭いる。むしろ距離が近いなら、紫にも気づく異変かもしれない」

「その場合、貴婦人は大丈夫でしょうか。以前の遺骸のときは危ないと判断されていましたから」

メリッサが思わず表情を曇らせたのを見て、ヒューバードは再び思い悩むように目を閉じた。

「……貴婦人は、これまで一度も竜騎士を受け入れたことがない竜だからな。白もそうだったが、白の場合は私が子供の頃から同調し続けて慣れていたこともあるが、貴婦人はオスカーと絆を結んだ瞬間からの経験しかない。……青、貴婦人は、竜騎士の騎竜の経験を、誰かから教わっているだろうか？」

その問いかけに、青の竜は白の女王に視線を向け、頷いた。

どうやら、紫の貴婦人は、白の女王からその知識を受けているらしい。それならば大丈夫かとも思うが、青の竜のはっきりしない表情に、ヒューバードとメリッサもどうしても不安が拭えないままとなったのだった。

そして、その心配が現実のものとして二人の目の前に現れるのは、それから一週間ほど後のことだった。


それはいつもの風景だった。

おやつを食べて、しばらく散歩に向かう青の竜を見送り、庭に残って眠りはじめた竜の観察をおこなっていたとき、その異変は始まった。

今まで眠っていた竜達が、一斉に目を覚ました。

庭に残っていた紫の竜まで首を上げている。普段ならばよほど子竜達が暴れてかみつきでもしない限り目を覚まさない老竜なので、顔まで上げているのは不思議でしかない。それだけならば、青の竜が庭にいる竜達に声でも掛けたのか、と思うところだろうが、全員が顔を向けている方角がクルース方面、言い換えるなら、王都の方角だということが気になった。

「みんな、どうしたの？　何か気になるものでもあるの？」

メリッサがそう尋ねても、竜達の視線は揺らがない。だがメリッサは、竜達のその姿を見てすぐさま次に自分がするべきことを理解した。

急ぎ屋敷へと駆け戻り、ヒューバードが持って行ける数日分の食料と毛布などの野営道具を支度すると再び外へと飛び出した。そしてメリッサが空を確認しようと目を向ければ、ちょうど白の女王が庭の中央に降りてきている最中だった。

どこまでも抜けるような深い青に、白の竜体が太陽の光を全身に浴びて輝きながら降りてくる。

いつもならばそれに感動しながらいつまでも眺めていたいとぼんやり見上げているところだが、今はその感動も後回しに、辺境警備隊の倉庫に保管してあるはずの白の女王用の遠征用装備を取りに走る。

この場所で、ただ一人の竜騎士。竜達が感じた異変を、自身でも感じることができる、そしてそれを人に伝えることができる騎士。そして今、青の竜だけではなく、すべての竜が王都に顔を向け、異変を感じ取った。

もう、青の竜が感じた異変は、すべての竜が感じられるほどのものになっている可能性が高い。

その異変を調査に行けるのは、ヒューバードだけだろう。クルースの先に少しだけ向かう程度では済まないかもしれない。下手《へた》をすれば、王都の先まで向かうことになるだろう。

いつものように、その神々しい姿とは裏腹に、ひっそり静かに白の女王は地上に降り立った。

完全に降り立った白の女王を見て、メリッサは柵を越えて一人と一頭に駆け寄った。

「メリッサ……さすが、私が言い出すことがわかっていたらしい」

困ったように苦笑したヒューバードは、地上に降り立つとメリッサの手から白の女王用の遠征用装備をつけていく。

ヒューバードが白の女王に向かっているあいだ、メリッサは聞いていいものかどうかを悩み、そして思い切って口を開いた。

「ヒューバード様、いったい、竜達は何を感じ取ったんですか？」

「……ひとまずそれは、おそらく青の竜が感じ取ったものとは別だな」

そう答えられ、メリッサはぽかんと口を開けた。

「……え？」

「メリッサが支度した理由は、竜達が感じたのが、青の感じた異変だと思ったからだろう。だが、おそらく私が感じ取ったものを、竜達も感じたんだと思うんだが……妙に遅い竜騎士の集団が、こっちに向かってきているようなんだ」

完全に、予想外だった。

「竜騎士、ですか？　……でも、妙に遅い、というのは？」

「言葉通りだ。竜騎士の移動としては極端に遅い。感じるのは、本当に馬車並みの速度でゆっくりと移動している竜達だ」

竜騎士の騎竜達は、確かに一頭でもゆっくり飛ぶこともできはするが、地上の行軍に合わせていたりしない限りは集団の中で最も速度が遅い竜に合わせて飛んでいる。

つまり、その竜の集団の中で、最も速度が遅い竜が、馬並みの速度しか出していないということになる。

「何があったんですか？　あちらにいる竜で、そんな低速でしか飛べないような子はいなかったはずですが」

その問いかけに、ヒューバードは一瞬手を止めて沈黙したあと、目を開けて首を横に振った。

「答えないんだ。完全に沈黙している」

それは確かに、明らかな異常事態だ。他の竜達も、軒並みその低速の集団を感じているとすれば、何事かと視線を向けていても仕方がない。

「その沈黙というのは、こちらの問いかけを聞いていても答えないということですよね？　ヒューバード様が問いかけたということは、白の女王の問いかけをあちらの騎竜が無視しているとでも仰《おっしゃ》るんですか？」

「そういうことだ。……答えが返ってこないから、距離もまだ遠すぎて何色の竜が来ているのかもわからない。ただ、集団が移動しているのはわかるから、間違いなく竜騎士の集団が移動してきているのだろう。その確認に飛ぶつもりだ」

　メリッサはヒューバードに集めてきた食料などを手渡しながら、ふと思い出したことを尋ねてみた。

「それなら、青の鱗を通して、王都の竜達に事情を聞くことはできないんでしょうか。それであちらから出立した人員など、伝えてもらえるのでは？」

「青にも答えないらしい。というか、おそらくは紫の盾が全力で音を遮断しているようだ」

　その理由に、メリッサは愕然《がくぜん》とした。

「紫の盾の力は、青の声も無効にできるんですか？」

「紫の盾は、長年我が身を盾に人を守り続けてきた、その名の通りの竜だ。守護に関する力のみに限るなら、おそらく経験的なもので青を凌《しの》ぐんだろうな。だが今は、それよりも紫の盾がそうまでして、何から守ろうとしているのかが重要だ。……しかも、青が言うには、おそらくこちらに来ているうちの一頭は紫の盾自身だと言っている」

　メリッサは、表情を曇らせながら、今はまだいつも通りの平穏な空を見る。この空の先に、見たことがないほどゆっくりと飛んできている竜がいるというのが今はまだ信じられない気がした。

「直接顔を見ている状態なら、さすがに青の方が紫の盾より強い。声も届くそうだ。だから、こちらから迎えに行ってくる」

「……はい、お気をつけて」

もう、そう言って送り出すしかなかったメリッサは、あっという間に空の彼方《かなた》に消えた白い竜体を見送りながら、ひたすら王都の竜騎士達の無事を祈った。


ヒューバードが留守の間、この辺境伯領を守るのはメリッサの役目となる。義母もいない今、メリッサはいつものように竜の相手だけをしていればいいわけではない。

ヒューバードを見送り、屋敷へと向き直ると、すでにハリーが静かに頭を下げて待っていた。

「執務室へ向かいます。ヒューバード様は数日帰ってこられないと思いますから、私ができる分は回してください」

「かしこまりました」

そうして竜達にことわって、ハリーとともに執務室へと向かった。

辺境伯領は流通に関して、一本の街道のみに頼っている。この街道の保守は辺境伯ではなく国境警備隊に任されているが、この場所の街道は竜達の領域を通るため、竜がらみの問題もある。街道の竜除《りゅうよ》けは他の場所より強力に施されている。だが、その竜除けの外までは当然ながら竜の領域であるため、そのすぐ傍に竜が降りたり遊び場にしたりすることが、年に数回だが起こることがある。

その竜の説得は当然ながら辺境伯の役目だが、メリッサがやらなければいけない場合、直接出向くと一日二日かかってしまう。ただし、メリッサはそれに関してはヒューバードにもできない技がある。

庭にいる上位竜に、問題になっている地点にいる竜達を呼んでもらうのである。メリッサが移動していくよりよっぽど早い。そして帰ってきた竜に、別の場所で遊ぶようにお願いするのである。竜達は、何か興味を引くものがあるからそこにいる。その興味を引いたものについて聞き、今回は別のところで遊んで欲しいとお願いし、お願いを聞いてくれた竜にはお礼としておやつを渡し、その興味を引いた箇所についてはヒューバードに引き継ぎ、完了である。

今日も商人から竜が最近道中にとどまり、馬車を見ていると通報が来ていた。どうやら同じクルース寄りの地点で、琥珀《こはく》の竜達が数頭固まって街道から見える場所にいたという。

「場所がクルース寄りだと、早めに対処した方が良いかと。若奥様、ひとまずその地点から、竜を遠ざけることだけ、お願いいたします」

「そうですね。今のところ、馬車の便には影響がないようですから、今のうちにお願いしておきましょうか。……それにしても、こんなクルースの近くに、竜が気を引かれるようなものがあったのかしら」

メリッサも何度かヒューバードと一緒に上空を移動していたが、その地点は少しずつ背の高い木が増えて行く地点で、元々竜はあまり降りるようなことはない。

報告書では、竜達は木立に隠れるようにしながら道をのぞいていたという。

「……遊んでいたにしては不思議な行動よね。一体何をしていたのかしら」

メリッサは、青の竜が庭にいるのを確認して、書類を手に庭へと降り立った。

「青！」

手を振りながら青の竜に声を掛けると、ぱっと笑顔を見せながらいそいそとメリッサへと駆け寄ってくる。

ギュー、ギュルゥ

『お仕事終わった？　もう遊べる？』

キラキラした目で尋ねられ、メリッサは苦笑しながら鼻先を撫でてあげた。

「お仕事が終わったわけでも休憩でもないの。ごめんね。でも、お話できてうれしいわ」

ギュ？

青の竜は、メリッサが手に持っていた書類に気がついたらしく、その書類を大きな顔をひねりながらのぞき込む。

「青も書類を読むの？」

そしてメリッサがクスクス笑いながら、その内容を説明した。

「青、この竜達は何をしているのかわかる？」

ギュギュ、ギュアァ

『鱗を運んでいる人間を探していたみたい』

その意外な言葉に、メリッサは一瞬言葉に詰まった。

「青、その鱗は盗まれたもの、ということ？　紫の明星のものを竜達も探しているの？」

ギュー……キキュウ
『今竜達は、ぼくの旅立ちの支度が止まっているのが紫が帰ってこないからだと思ってる。だからよく移動してる商人を見に行ってるんじゃないかな』

不甲斐《ふがい》なさに、胸が詰まる。

確かに、人は人で、竜からの願いを叶《かな》えるために力を尽くしている。だが、それはあくまで人の側の話であり、竜から見れば王竜の旅立ちの足かせになっているように見えているのかもしれない。

「……青」

ギュアア、キュルル
『わかってる。人はちゃんと約束を果たそうとしてくれてるって。人の行動を疑っているわけじゃない。あの琥珀達が紫を探すのは、王竜の旅立ちを少しでも心残りがなく迎えるための竜達の本能みたいなものだから。あの琥珀達には、別のお願いをしておくね』

青の竜の声は、どんどん滑らかに会話が成立している気がした。

竜騎士達にとって、竜の声が聞こえるのは竜の心の底からの信頼を得られた証《あかし》。ならば今の状態は、青の竜がメリッサに対して心を向けてくれているからなんだろうか。

「青、待たせてごめんね。みんな頑張ってくれているから……私も、私にできることを頑張るわね」

「ギュアァ」

にっこり笑顔を見せた青は、うん、と子竜時代からの仕草で頷いてみせたのだった。


メリッサがヒューバードの仕事を代わりに片付けながら待つこと二日。その日、青の竜が朝顔を合わせるなり、ヒューバードから伝えられたことを教えてくれた。

どうやらこちらに移動中の竜騎士の一行とは行き合えたらしい。その一行の詳細を聞き、メリッサは絶句した。

紫二頭と緑三頭。つまり、竜騎士隊隊長の紫の盾と王弟オスカーの紫の貴婦人の、現在竜騎士隊で最上位である紫が二頭ともこちらに向かってきているということだ。

「どうして紫の貴婦人まで？　王都の竜騎士隊に何かあったなら、紫の二頭は別々に行動するんじゃなかったのかしら……」

「ギュアァ、グルルルゥ」

さすがに現在のヒューバードの位置では、繋がりの弱いヒューバードの五感を使うことはできなかったらしい。そのため青の竜は、詳しい話というのはできないのだという。白の女王とヒューバードからの伝達だけを伝えてくれた。ヒューバードは、そのまま次は王都に向かったらしい。現在紫の盾の力が守っているその様子を確認するためと、それに白の女王の力も加えて王都の守りを補強しておくためだそうだ。

「白の女王なら、王都にはもう到着しているわね。……一行の目的地は、ここなのね？　ヒューバード様は、今の速度だと、一行と一緒に帰ってくる予定なのかしら」

ギュア！

どうやらそうらしい。

「それじゃあ、竜騎士の五人を迎え入れる支度をしないとね。伝えてくれてありがとう、青」

ギュア

青の竜は、それで伝言が終わったとばかりにいつもの位置へと腰を下ろして、メリッサの朝の仕事を見守る体勢に入ったのである。

そしてメリッサは、大急ぎで五人分の客室を、なんとか庭に面した窓際の部屋にあてがい、中のリネンを取り替えて、いつ客人が到着しても大丈夫なように使用人一同に通達した。

客人が五人、滞在日数もわからないとなると、その分の食糧の確保も必要と言うことだ。その手配も抜かりなく終了して、とにかく一行の到着を待つ。

そうして待ちわびた客が到着したのは、結局ヒューバードが旅立ってからほぼ一週間してからだった。

その一行の異常性は、騎士や竜騎士のような戦う術《すべ》を持たない人間が見ても明らかだった。

メリッサは、一行を先導している一頭の竜の様子に息をのんだ。

明らかに力がない。疲労からそうなっているわけでもない。むしろ、どこか怪我をしているのではないかと思う羽ばたき方だった。普段なら、竜を愛する竜騎士達が、そんな状態の竜を無理に飛ばすようなことなどない。それは飛ぶことを許可しなければならないような何かがあったという証拠でもある。

そしてその竜がメリッサの肉眼でもはっきり見えるようになり、驚愕《きょうがく》に固まることになる。

——先導していたのは、紫の貴婦人だった。白の女王の友であり、かつて青の竜の世話役としてずっと傍にいることが許されていた、この辺境の紫の竜達の中でも一、二を争う強い竜が、弱々しい羽ばたきでふらつきながら、なんとか空を飛んでいるのだ。

しかも、その背中には、胴具すらついていない。

「……オスカー様は……どこに」

いないはずはないのだ。紫の貴婦人があそこまで弱っているなら、むしろオスカーを傍に置きたがるだろう。自分の力が及ばなくなり、唯一と認めたみずからの騎士が無防備になることなど、そんな状況を竜が受け入れるはずはないのだから。

そうして到着した一行は、まず白の女王とヒューバードが地上に降りた。そして、大きく場所を空けさせると、まるで墜落するように紫の貴婦人が地上に降りた。

必死で飛んできたのか、翼も力なく地に垂れ、息も荒く地上に倒れ伏しそうなところを無理やり前足を突っ張って起きている状態だ。

その紫の貴婦人の傍に降りた紫の盾の背中から、竜騎士隊長のクライヴが何かを担ぎながら降りてくる。

その毛布の裾《すそ》から、人の足が見える。野営用の毛布でぐるぐる巻きにして、荷物のように無理やり背負ってきたらしい。

そのぐるぐる巻きから、焦げ茶の髪と白い秀麗な顔が見えて、メリッサは立っている足下が崩れ落ちるような感覚を覚えた。そんなはずはないのに、目の前が暗くなったような気がした。

いつも凜《りん》とした表情で、その知性をのぞかせている緑の目を力なく閉じているオスカーが、荷物のようにクライヴに担がれている。

メリッサは現在の事態がとんでもない方向に向かったことを、その二人の紫の竜騎士達の様子を見て、問答無用で理解したのだった。

第三章　暗雲は跳ね飛ばす

力なく目を閉じたオスカーは、客室として用意した部屋の寝台でひたすら眠っている。この部屋は、かつてリュムディナ王族の姫君であるカーヤが、琥珀《こはく》の小剣によって辺境に滞在することになったときに使用した部屋だ。この部屋は、メリッサの部屋を除いて最も竜の庭に近い場所であり、つまりここは、竜に最も近くいられる部屋である。

紫の貴婦人のために、再びこの部屋を整え、ひとまずメリッサはここでオスカーの世話を請け負っていた。

紫の貴婦人は、オスカーを人に預ける選択をした。普通、騎竜達は空を移動するときに、みずからの騎士を他《ほか》の竜に預けるようなことはしない。それでも、今は乗せられないと判断したのは、紫の貴婦人自身だった。普通だったら絶対にあり得ない、弱っているみずからの騎士から離れるという騎竜の選択。

オスカーを体に固定してここまで連れて来たクライヴは、紫の貴婦人に顔が見えるようにオスカーを傍《そば》に置こうとしていた。それを止め、メリッサに頼むと言わんばかりの視線を向けた紫の貴婦人は、先ほどオスカーの体が寝台の上に横たえられた瞬間、その場から動くことなく地に頽《くずお》れるように体を丸めて眠りはじめたのである。

それが、現在の紫の貴婦人がいかに不調なのかを思い知らされるようで、思わず泣きそうに顔をゆがめてしまったメリッサは、素早く目元を手巾で拭《ぬぐ》い、枕元に置かれた椅子《いす》に腰を下ろしてオスカーの看病を引き受けていた。

そしてその部屋の窓際では、ヒューバードとクライヴが二人で情報交換をしながら紫の貴婦人の様子を見守っている。

一体何が起きて、こんなことになったのか。それが語れる人間は、真実オスカーしかいないらしい。一緒に飛んできたクライヴも、何が起こったのか把握していないのだと肩をすくめながら語った。

「俺達が把握しているのは、オスカーが哨戒《しょうかい》中、突然耳を押さえたと思ったら、そのまま貴婦人が墜落したということだけだ」

一応、哨戒は単独でおこなう任務ではないため、オスカーの墜落までのことを、同行していた相棒の緑の騎士が証言しているそうだ。その緑の竜騎士は今回、オスカーの護衛として同行してきている。

緑の竜はその異変を感じることはなかったが、紫の貴婦人とは感知の範囲が違いすぎたらしい。オスカーがこの場を離れろと気絶する前に紫の貴婦人に伝えたために、とにかく紫の貴婦人は他の一緒にいた騎竜達にその場を離れるよう伝えた結果、他の騎竜達は揃《そろ》ってその言葉に従った。そのため、現場にいても、目視で確認できた範囲の情報しかないのだという。

「正直、あっという間だったらしい。その瞬間、おそらく貴婦人の方に何らかの異変が起き、オスカーは貴婦人経由でそれをまともに食らった、ということではないかな」

紫の貴婦人は、オスカーをとにかく落とさないようにとそれだけを優先したようだ。高度を少しずつ落としながら現場を離れ、その時点で気絶していたオスカーを背中に乗せたまま胴体から地上に落ちたらしい。紫の貴婦人は、今の自分が足で降りたら、オスカーが衝撃を受けて落ちかねないと判断したらしく、足で降りるより胴体で降りることを選択したのだろうとのことだった。

「貴婦人はまだ、オスカーを万全に本人の意識がない状態でも操れる自信がなかったんだろう。それができるなら、背中に乗せたままにすることもできたはずだからな。だがしかし、そんな状態でオスカーを落とさなかったのはさすが紫だ。慣れていない竜なら、間違いなく着陸の衝撃で振り落としていたはずだからな」

クライヴが苦い表情でそうつぶやくと、その場にいた全員の視線は、到着した途端に地に伏している紫の貴婦人に向けられていた。今は辺境のねぐら近くに到着して安堵《あんど》したのだろう、白の女王と、青の竜に見守られながら静かに眠っている。

「道中もずっとオスカーを気に掛けていた。ただ、乗せるには不安があるからと、盾にオスカーを運ぶことを申し入れてきたんだ。だから、俺《おれ》が連れてくるしかなかった」

クライヴが語る様子を見て、メリッサは首をかしげた。

「あの、オスカー様をわざわざ連れてきたのはどなたかのご命令ですか?」

「ああ。陛下からのご下命だ。正確には、不調の貴婦人をねぐらで休ませるようにとのことだったんだが、貴婦人を戻すなら、オスカーも移動させないわけにいかないだろう。で、オスカーを動かすなら護衛も必要になる。それで、この前殿下が持ってきた、辺境に駐在する竜騎士の増員要望について、辺境伯と話し合うために、という理由をつけて俺達が来たわけだ」

そう答えたクライヴに、眉根《まゆね》を寄せたヒューバードが確信を得たとばかりに告げた。

「貴婦人を隠しきれないから、か……。国としては、オスカーが狙《ねら》われたのか、ただ竜騎士隊が狙われたのか、それとも紫の貴婦人が狙われたのか……その判断ができなかったんだな?」

「そういうことだ。ひとまず、オスカーは国軍の顔として他国に顔が知れ渡っている。不調と知られると国境付近が不安定になるだろうから、隠しておきたい。そんなわけで不調の貴婦人とオスカーを表に出したくないが、オスカーだけを隠しても、竜はどうしても目立つ。貴婦人を隠しきるのは難しい。……それで今回、盾の力も使いながら強行軍で移動させてきた」

確かに、強行軍に違いない。竜騎士を、その騎竜じゃなく別の竜騎士に運ばせてまで移動するとは、普段の騎竜の性格を知っていれば知っているほど、それがどれほど非常識なことなのかわかる。

紫の盾が、現在飛ぶほどの力も残っていなかった紫の貴婦人に力を分け与え、紫の貴婦人の速さに合わせつつ、なおかつ周囲に異常を察知されないようにと、いつもより人が少ない場所を選んで飛んだ。さらには夜間は貴婦人の今の状態で強行させるわけにはいかず、休み休み飛んできたのだ。

「……白、貴婦人の状態はどうなんだ？」

ヒューバードが問いかけると、紫の貴婦人の傍で寄り添うように横になり、体を支えていた白の女王が、首を上げてグルルと鳴いた。

「頭が痛い。ただそれだけを言っているそうで、具体的な話は、竜達もまだ聞けていないそうだ」

「白でも無理か……できるならちゃんと話を聞いておきたかったが、俺はそろそろ帰還しないといけないいんだよな」

自身の短い茶色の髪をガシガシと乱暴にかき混ぜながら困ったようにつぶやくクライヴに、竜達から荷物を下ろしていた緑の騎士達が並んで声を掛けた。

「隊長、荷下ろしが終わりました！」

「よし。お前達はそのまま辺境に駐留。任務は王弟殿下の警護および辺境伯の補助。俺が帰還後は辺境伯の指揮下に入れ」

「はい！」

三人の騎士達が答えると、クライヴは部屋の中に入ってオスカーに視線を落とした。

「メリッサ、すまないがオスカーを頼む。オスカーが竜騎士になり、城の滞在期間が延びるにつれ、客人が増えていったことを考えると、とても離宮では休ませられなかった。離宮に入れば、オスカーは王弟としての務めがあるからな。だが、今の状態では、それもさせられない」

クライヴは、陰りのある表情でそう告げると、その枕元に一通の封書を差し込み、その身を翻《ひるがえ》した。

「それは、陛下からの命令書だ。目覚めたらオスカーに渡してもらえるか」

「わかりました。……あの、クライヴさんは、これから単騎で王都へ向かうんですか？　オスカー様がどんな被害があったのかまだわからないので、危険だと思うんですが」

「ああ。だが、大丈夫だ。行きに速度を出せなかった分、周囲をしっかり確認しながら進んできたからな。単騎で飛んでも問題はない」

オスカーが飛行中に受けた被害を思うと、現在単騎で飛んでいくことは危険な気もするが、その対策はすでに辺境に向かって飛んでくるときに完了していたらしい。

クライヴの言葉を、ヒューバードも頷《うなず》いて補足した。

「白の女王も、一度飛行しているから問題ない。それに単騎なら、紫の盾は竜騎士の騎竜のうちで最も守備に特化している竜だから、逆に安全だろう」

どうやら、他の騎士を守りながら戦うよりも、自分自身と騎士だけを守ることの方が楽だということらしい。

メリッサは、クライヴに渡す携帯食を用意するように廊下に待機していた侍従にお願いして、慌ただしくオスカーを迎える準備をしていたためにちゃんと挨拶《あいさつ》ができていなかった紫の盾に野菜を運び、水とともに与えた。

「挨拶が遅くなってごめんなさい、紫の盾。これからすぐに王都に向かうんでしょう？　たくさん食べて行ってね」

グルゥ

厳《いか》つい表情の紫の盾は、騎竜としての経験は他のどの竜よりも多く、今まで多くの騎士を迎え、その背に乗せて飛んだ竜だと言われている。現に記録として記されている過去の紫の騎竜は、名前こそ騎士を迎えるたびに変えたため違っているが、すべてこの紫の盾だったらしい。

その記録は、背中を預けた騎士を、どんな戦場でもどんな空でも、守り通して地上に降ろしてきた竜だということを示している。だから、メリッサはその紫の盾に祈るように言葉をかけた。

「どうかあなたもクライヴさんも、無事に王都にたどり着きますように。……頑張って飛んでね。王都のみんなによろしくね」

グルルゥ

紫の盾は、メリッサにとっては白の女王と並び、小さなころから見守ってくれていた竜だ。白の女王が姉ならば、紫の盾は優しいおじいちゃんといったところか。そのおじいちゃんが、メリッサに心配ないよと優しい眼差しを向けながら頬を舐め、安心しろと言ってくれているらしい。

そして、クライヴは紫の盾とともに、単騎で王都へと帰って行った。

その騎影をヒューバードと並んで見送りながら、メリッサは手を振り続けた。

「さて……じゃあひとまず、王都で何があったのか、聞かせてもらおうか」

先ほどクライヴに話を聞いたが、目撃者本人にしか答えられないこともあるかもしれない。三騎の竜騎士のうち、一人はオスカーとともに哨戒に出ていたというのだから、その騎竜にも話を聞かない手はないだろう。

メリッサは、このときになって並んでいた竜騎士達にようやく挨拶の声を掛けることができた。

ついこの間まで、この場所に派遣されていた速度重視の二名と、メリッサがこの辺境に来てからはじめて送り出した竜騎士であるジミーの三名が、ヒューバードの正面に並んで難しい表情で首をひねっていた。

「俺達にも、何が何やらわからなかった」

最初にそう告げたのは、マクシム。ついこの間まで、この場所でねぐらの密猟団の掃討のために派遣されていた騎士である。黒に近い焦げ茶の髪に、自身の竜の色によく似た緑の瞳の騎士は、厳しい表情でうつむいていた。

竜騎士は、よほどの理由がない限り単独行動はおこなわない。今回も当然、その相方であるダンも一緒である。

ダンもくすんだ金の髪を掻《か》き上げながら、紫の貴婦人に心配そうな表情を向けている。

二人はともに速度重視の竜騎士であり、その騎竜達は緑の竜の中でも小型で、とにかく飛ぶのが好きな竜達だ。その二頭が、ここに来るまでのような低速でおとなしく飛んできたことを考えると、二人の竜の制御力はともに竜騎士団の中でもかなりの上位になるだろう。

「そのとき一緒に飛んでいたのは俺だが、突然オスカーがこれ以上近づくな、と叫んでそのまま意識を失った。それ以降、貴婦人がずっと不調を訴えている」

マクシムがそう説明すれば、ダンもそれを補足するように自身が見ていたことを語った。

「俺は貴婦人が落ちたと聞いたあと、その現場を確認しに飛んだが、貴婦人が警告を発した地点には何もなかった」

「わざわざ確認に飛んだのか？」

ヒューバードが確認すると、ダンは胸を張って当たり前だと頷いた。

「いくら貴婦人が紫とは言え、実戦経験のない竜だ。一体どんな攻撃を受けたのか、そのせいで判断がつかなかったということも考えられると思ってな。……まあ、その攻撃らしき痕跡《こんせき》もなかったわけだが」

そう説明すると、肩をすくめる。

「俺達も、貴婦人とオスカーの様子から、以前聞いていた、紫の遺骸《いがい》が強化された影響関連かとも思ったが、そうだとすれば俺達にも聞こえていたはずだと思う」

「それにオスカーもだが、稼働している全竜騎士は、今も青に授けられた鱗守《うろこまも》りを持っている。その状態でも効果が出ているとなれば、青自身に来てもらうしかないだろうって話になってな。それで確認しに行ったが、結果は空振りだったんだ」

マクシムはそう告げると、襟元から首にかけてあったらしい青の鱗飾りを引っ張り出した。それは以前、紫の遺骸を削った結果、呪《のろ》いの威力が上がってしまったと判明したときに、青の竜が竜騎士達を守るために贈ったものだ。それをつけた状態でオスカーと紫の貴婦人が今の状況になったとなると、あれ以上の呪いでもあったのかと疑わなくてはならないだろう。

マクシムとダンがヒューバードに各自意見を述べている傍で、所在なげに立っていたジミーに、メリッサは声を掛けた。

「お久しぶりです、ジミーさん。ジミーさんも、今回オスカー様の警護ですか？」

ジミーはメリッサがここに来てからはじめて王都に送り出した新人騎士だ。見習いを返上し、正竜騎士となったジミーは、ここにいたときよりも少しだけ長くなった茶色の髪を後ろでひとくくりにして、生真面目《きまじめ》さが表れた表情でメリッサに視線を向けた。問いかけには一瞬口ごもり、はい、と小さな声で告げた。

「恐れ多いことですけど、私とオスカー様は一応同期なので、訓練などを受けるときは大体同時なんです。もちろん、訓練の速度はオスカー様の方が速いんですけどね」

苦笑をしながらそう告げるジミーに、メリッサはじゃあ、と問いかける。

「もしかして今回の哨戒任務も、同時に受けていたんですか？」

「はい。少し距離は離れていたんですけど、オスカー様にはマクシムさんが、私にはダンさんがついてくれて、それぞれ哨戒任務に就いたときの注意点や移動の仕方などを見てもらっていたんです」

なるほどと理解した。だからこそ、マクシムと一緒にいたオスカーの元に、ダンがすぐに駆けつけられたのだ。

「それじゃあ、ジミーさんは何か感じたことはありませんでしたか。どんなことでもいいんです。些細《ささい》なことでもかまいません。今必要なのは、あらゆる視点からの意見だと思うので」

メリッサがそう告げると、すぐ傍にいたマクシムとダンもはっとしたようにジミーに視線を向けた。

「……私が現場にたどり着いたとき、ちょうど紫の貴婦人が地面に降りた瞬間だったんですが」

ゆっくりと、何かを思い出しながら語りはじめたジミーは、本人も不思議そうに首をかしげながら、そのとき感じたことをメリッサに教えてくれた。

「貴婦人の背後に、トルーガの最高峰が見えて、まるで山から離れようとしているようだな、と思ったんです。でも、別に山はいつもと変わっている様子はなくて、どうしてかなと……」

それを聞いた瞬間、ヒューバードはジミーに近づき、その肩をつかむ。

「トルーガ山脈の方から逃げた、ということは、東側から西側に、移動していたということか？」

その恐ろしいまでに真剣な眼差しを向けられ、ジミーは一瞬硬直しながら、頷いた。

「私はまだ、戦略地図は見せていただいたことはありませんが、先輩方なら見たことがあると思います」

「ああ。オスカーが落ちた地点は、王都から東南東、トルーガ山脈近くの銅鉱山近くのことだ」

王都の周囲の地図は完璧《かんぺき》に覚えているヒューバードは、大体の位置がわかったらしい。懐から手帳を取り出し、大雑把な地図を書き記した。

山脈から東南東の銅鉱山に印を入れ、その地図をジミーに見せる。

「お前が見ていた方角は、こちらの方か？」

差し出した地図に、さっと一本矢印を入れると、ジミーはしっかりと頷いてみせる。

「はい。こちらの方角だったかと。ちょうどこの方角に最高峰があって。それが見えて、少し恐ろしく感じたのではっきり覚えています」

そのジミーの様子を見ていたヒューバードの表情ははっきりと曇った。

「こっちの方向っていうと……何かあったか？」

「中央国家群の方向だな。そういやぁ、キヌートからあっちの国の調査をしたいって話が来てたっけか」

ダンとマクシムの言葉に、メリッサとヒューバードは思わず視線を合わせ眉根を寄せた。

「……あれ、本当に何かあるのか？」

ダンがメリッサにそう問いかけ、首をかしげた。

「……ちょうどと言えばいいのか、運悪くと言えばいいのか……キヌートとガラールの調査で、おそらくですが、紫の遺骸が現在その付近にあるのではないかと判明したところです……」

メリッサがそう告げると、三人は揃って大きく目を見開いた。それはまさに想像の範囲外だったと言わんばかりの様子だった。

そんな緑の騎士達三人に、ヒューバードは改めて痛む頭を押さえながら、そう思われるようになった調査結果について伝えたのである。

「……そんなわけで、その調査結果については届けたばかりで、全員には情報が行き渡っていないんだろう」

ヒューバードの説明を聞き、騎士達は揃って困ったような表情でヒューバードを見つめていた。

「じゃあ、本当に、あっちで呪いがある竜の遺骸が加工されてる可能性があるのか？」

「信じたくはないが、あり得るだろうな。……だが、本当にオスカーがそれを食らったのか、実際に聞いてみないと断言はできないだろう。貴婦人に、今もまだ影響が出ているとなると、少しおかしい気がするしな」

そうつぶやいたヒューバードの声に、メリッサは思わずオスカーに視線を向けた。

「……おかしい、ですか？」

「ああ。何がおかしいかと言えば、例の呪いが強化される事実が判明した最初のきっかけである琥珀の小剣は、確かに聞いた瞬間は空で姿勢を崩したが後日まで引きずるような不調はなかったはずだ。実際、落ちたあとに普通に飛んでここまで帰ってこれたからな。……それを考えると、現在の貴婦人は弱りすぎている気がするんだ」

確かにあのとき、琥珀の小剣は普通にこちらに飛んで帰ってきていた。背中に乗せるべき騎士のルイスは、手を怪我《けが》していたために竜に乗るのは危険だからと白の女王に乗ってはいたが、琥珀である小剣は声におびえているだけで実際に体調が不良になるようなことはなかったはずなのだ。

「……以前より、威力が高まっているんでしょうか？」

「そうだな。実際攻撃を受けたとおぼしき貴婦人とオスカーが会話ができるまで回復するのが先だが……」

今は意識なく眠り続ける騎竜と騎士が、いつ目覚めるのか。それがわからないまま、周囲の人々はひたすら見守るしかなかった。

キュウ、キキュー

子竜達が竜騎士達の騎竜を見つけ、今日《きょう》も遊んでもらおうと近づいては甘えるように鳴いている。竜騎士達の駐留が決まってから日課のようになったその光景に、一番喜んでいたのは竜騎士達だった。

子竜達は、紫の貴婦人に対しては、体調が悪いのを察したのか一声だけかけてすぐさま離れて行く。

下位竜達は自分達の都合優先で遊んでくれないことも多いが、上位竜達にとって子供は宝だという共通認識があるためか、子竜の子守を嫌がることはない。それを理解している子竜達は、いつもならば上位竜相手だと遠慮なくぶつかるように遊んでもらおうと向かって行くのだから、明らかに子竜達は遠慮しているのだとわかる。

だからその代わりにと、ここにめったにいることがない竜騎士達に懐きに行くようになったのだろう。竜騎士達も、竜達の激しい交流に慣れているため、子竜達の遊び相手くらい軽く務めてしまえる。

それに、騎士達にとって、本来なら子竜はめったなことでは出会うことすらできない存在なのだ。

ねぐらの奥深く、普通の騎士では近寄ることすら不可能な場所で密《ひそ》かに竜達が守り育てる存在が、なぜか屋敷の庭で、遊び相手が来たとばかりにころころと転がるようにして、うれしそうに駆け寄ってくるのである。一応任務中ではあるが、その表情は緩みまくり、抱き上げては遊んでやるのも仕方がない。

キュアァ！

今日も抱き上げられた琥珀の子竜が、うれしそうに鳴いて今日の警護担当であるダンとジミーに懐いている姿を見て、ヒューバードとメリッサはほっと胸を撫《な》で下ろしていた。

竜達にとっても、紫の貴婦人の不調というのはそれなりに衝撃的な出来事なのだ。その動揺が全体に伝播《でんぱ》する前に、こうして子竜だけでも気を紛らわせてもらえるのはありがたい。その分、ヒューバードとメリッサは、成体の竜の動揺を抑える方に手をかけられるからだ。

ある意味、青の竜が寝込んだ場合より、紫の貴婦人の方が知り合いの竜が多い分、動揺している竜が多いような気がした。

ねぐらには青の竜が顔を出し、紫の貴婦人には親友と言える白の女王が傍についている。その状態で傍にいる竜達に、自分が守っているから大丈夫だと白の女王は通達しているようだが、いつもならねぐらから動かない竜達まで、頻繁に庭に顔を出して空から街の人々を威嚇している有様だ。

「あの竜達は、どうして街の人々に敵対的なんでしょうか。貴婦人が帰ってくるまではあそこまで威嚇していなかったはずなのですけど……」

今日も飛んできた緑の老竜が、コーダの上空を低空飛行して、人ににらみをきかせている。日頃《ひごろ》はおっとりとねぐらで寝ている姿しか見たことのなかった竜が、そんなふうに飛んでいることすら珍しいのに、あそこまで人に対して敵対的な態度をとることに驚いたのだ。

「あれは、貴婦人とその騎士を守るためだな」

ヒューバードはあっさりとそう告げると、痛ましげに空を飛ぶ老竜を見上げている。

「できるなら極限まで、傍に近寄らせたくないんだろう。だから街の人を追い返そうとしているんだな。……一応、青が止めているんだが、老竜は頑固な竜も多いからな。最低限、竜への恐怖心を与えて人の動きを縛りたいんだろう」

「動きを縛る、ですか？」

その言葉の不思議さに、思わず問いかけると、ヒューバードはうん、と頷きメリッサに教えてくれた。

「ああして脅しておけば、竜に対して恐怖心を抱くだろう？　そうすると、竜の前に出たとき、動きが鈍る。それを狙っているんだ。……老竜は、基本的に自分の巣の周りに出る小物をあれで足止めをしていることが多い。今回は弱った貴婦人でも相手ができるほど、人の能力を削っておくのが目的と言ったところかな」

「それ、街の方々から抗議が来るのでは⁉」

辺境伯家の務めは、竜と人との円滑な交流の架け橋となること。それを考えると、その老竜達の行為は行きすぎている気がする。そういう場合に竜に交渉し、収めてもらうのが務めの辺境伯家としては、見過ごせない事態なのではないかとメリッサは焦る。

「……あと四日というところかな」

焦るメリッサの前で、ヒューバードは厳しい表情で空を飛ぶ緑の老竜に視線を向ける。

「四日、ですか……？」

「あと四日以内にオスカーが目覚めれば問題はない。それ以上かかるようなら、白の女王と私で老竜達にはお帰り願うことにする」

それを聞いて、メリッサは今も眠り続けるオスカーに視線を向ける。

オスカーはここに到着してからすでに一週間、眠り続けている。

その期間、竜騎士達は医師に診せる必要はないと宣言して、ひたすら眠り続ける姿を見守るだけしかできなかった。

むしろやたらな医師に現在のオスカーを診察させるのは、その医師に対して竜達の敵対心を煽《あお》るのだと言われ、そうするしかなかったのだ。

現在、オスカーの騎竜である紫の貴婦人も、ずっと眠り続けている状態だ。そしてその紫の貴婦人の、目に見える弱点としてオスカーがいる。

　オスカーが目覚め、自身の意思で戦えるなり対処できるなら、他の竜達はここまで反応しなかっただろう。だが、現在はオスカー自身も意識がなく、自身の力で身を守れない。

　つまり、オスカーか紫の貴婦人、このどちらかに意識が戻るまでは、医師に診せるのは危険だとの判断だった。

「……どうしてオスカー様は眠り続けているんでしょうか。宮廷医師か軍医にでも、診ていただければ原因もわかりそうなのに……」

「直接的に寝てしまった原因はわからないが、なぜ寝続けているのかはわかる」

　ヒューバードは、老竜から視線を外し、庭で眠り続ける紫の貴婦人に視線を向けた。

「竜は怪我を負うと、寝て治す。眠っている間に、体の治癒能力を上げることで、不調を治すんだ」

　どうやらそれはよくあることらしい。普段なら夜眠っている間に十分一日の疲れや怪我も癒やせるけれど、今回はそれでは癒やせなかったために、ずっと眠り続けていると竜騎士達は経験から判断したのだ。

「騎士が傷ついた場合、騎士が眠っている間に竜が力を分け与える。現在、おそらくオスカーと紫の貴婦人の双方が、どこか不調なんだろう。それを治すために貴婦人がオスカーを眠らせ、治癒するために力が大量に必要だから貴婦人も眠っている。だから、どちらかが目覚めれば、それだけ貴婦人の負担が減り、目覚めも早くなる」

現在、オスカーの世話は竜騎士達かヒューバード、そしてメリッサが交代で行っており、代わる代わる傍について見守っている。

竜達が傷ついていると思われるオスカーに近寄ってもいい相手として、その五人しか認めなかったためだ。

今、メリッサとヒューバードは毎日の竜の世話をするために外に出ている。

そして緑の竜騎士のうち、ジミーとダンが警護のために竜の庭に入り、周囲に注意を払っている。

現在はマクシムがオスカーの傍で寝ずの番をしてくれているが、この一週間、状態の変化は一切なく、一応日常報告としてオスカーの体調について送り続けている王宮への連絡も、毎日今日も変化なし、としか伝えられなかったのである。

「……元々、どこにも外傷は見当たらなかったのだから、そろそろ目覚めても良さそうなものなんだが」

「確かに竜も竜騎士も、怪我の治りは早いですよね。竜が何かしらしているのだとは思っていたのですが……こんなに時間がかかるのは、見えない部分によっぽどひどい被害を受けているんじゃないんでしょうか。……お医者様に一刻も早く診ていただくためにも、目覚めてくださるといいんですが」

そうやって二人が話し込んでいると、竜騎士達に遊んでもらっていた子竜のうちの一頭が、青の竜に何かをねだっている姿が目にとまった。

キキュ、キュー

ギュルル、ギュー

『人と遊びたいなら、ツメを出しちゃいけないよ。竜騎士達だって、竜のツメで殴られたらいたくなるよ。かみついたら、穴が開くよ。人となかよく遊びたいなら、ツメでなぐったりかみついたらダメだよ』

青の竜の指導の声に、何事かと思えば、ジミーのマントの裾《すそ》が見事にボロボロになっていた。明らかに爪で引っかけられたのだろう。

ジミーは気にしないようでうれしそうに子竜達の相手をしていたが、メリッサは青の竜があんなふうに竜達に指導しているとは思わず、思わずそちらに視線を向けた。

青の竜の言葉は、メリッサにしっかりと聞こえるようになってきた。最初はどちらかと言えばたどたどしさが感じられたのに、今はもうとても自然に聞こえるのだ。

青の竜は普通に通じるように言葉が話せる。もちろんそれはヒューバードの持っている当主の証《あかし》である黒鋼の短杖《たんじょう》を咥《くわ》えた状態ではあるが、そのときに聞いた声が大人《おとな》のような口調だったため、今声に成長を感じるのが不思議なのだ。

「……青の竜は、今も成長しているんですね」

思わずといったふうに声がこぼれてしまったメリッサに、ヒューバードは少しだけ首をかしげ、青の竜の子竜に相対した姿を見て、何かを納得したように微笑《ほほえ》んだ。

「竜はこの先、百年以上を生きる生き物なんだ。それを考えれば、まだまだ成長期は続く。体も心も、青はまだまだ育つだろうな」

それを聞いたメリッサは、少しだけヒューバードを見上げたあと、青の竜に再び視線を向け、小さくつぶやいた。

「……だから……成長するために、旅に出るんでしょうか?」

メリッサの少しだけ寂しそうなつぶやきに、となりにいたヒューバードは手を握って答えた。

――そうしてオスカーの目覚めを待つ面々にとって、待ちわびた変化が起きたのは、それから丸一日後のことだった。

「オスカーが目を開けたぞ!」

そのときオスカーの傍で見守っていたダンがそう言って庭にいた全員を呼び寄せた。

メリッサは竜の庭で竜達の体調の調査をしていたが、それを中断して急ぎ部屋に駆け戻る。外の窓から中に入って寝台に駆け寄ると、確かに目を開けたオスカーが、ぼんやりとしたまま横になっていた。

いつもからは考えられないオスカーの様子に、全員が表情を曇らせた。

「オスカー、大丈夫か？」

まず、ヒューバードが声を掛けるが、オスカーは全く反応しなかった。

マクシムが、オスカーの目の前で手をひらひらと振ってみる。それでようやく、一瞬だけだがオスカーの視線は動いた。

「……？」

普段の様子からは信じられないほどうつろなオスカーの眼差しは、本当に覚醒《かくせい》しているのかがメリッサには判断ができないほどだった。

だが、その視線が周囲を見渡しているうちに、ぴたりとメリッサで止まったのである。

「……メリッサ……辺境、か？」

「はい。はい、ここは辺境伯領、コーダの街にある、辺境伯の本邸です。オスカー様、お加減はどうですか。どこか痛む場所はありませんか？」

まだぼんやりとしたままのオスカーに、声を掛けてもらえたメリッサが急ぎそれに返事をする。しかし、そのメリッサの問い掛けに、オスカーが答えることはなかった。

相変わらず心ここにあらずの様子のまま、オスカーはしばらく何度か瞬《まばた》きを繰り返したあと、突然掛け布団を跳ね上げ、裸足のまま寝台を飛び降り、庭へと駆け出した。

「貴婦人！」

顔色を変えて庭に駆け出したオスカーは、やはり一週間眠り続けた影響か、途中足をもつれさせ膝《ひざ》をつきつつも未《いま》だ眠ったままの紫の貴婦人の元へと駆け寄り、顔にしがみつくように抱きついた。

「すまない、貴婦人。お前一人につらい思いをさせた」

オスカーが抱きつくと、貴婦人はわずかに身じろぎし、小さくクゥ、と鳴いた。

その目もわずかに開いており、やっと一人と一頭に回復の兆しが見えたことで、それを見守っていた竜騎士達にも安堵の表情が浮かぶ。

「私、オスカー様がすぐに召し上がれそうなものを用意してきます」

つい先ほど、貴婦人の元へ走り寄るオスカーの様子は、明らかに体力が落ちていた。足下はふらついていたし、やはり一週間寝たきりだったところをいきなり走ったためか、息も絶え絶えなほどになっていたことに驚いた。

オスカーは軍人だ。王族でありながら、長年軍に所属し、訓練を欠かさなかった現役の軍人なのだ。それが、足下がおぼつかないほど弱っている状況は、やはり尋常ではない。

メリッサのその申し出に、竜騎士達はよろしくとそれぞれがメリッサに伝えると、庭へ出て、紫の貴婦人の傍へとオスカーを追いかけていく。それを一人室内で見送ったメリッサは、すぐさま厨房《ちゅうぼう》へと移動してオスカーのための療養食を作るようにお願いした。

この辺境では食材もなかなか思ったようには揃わないが、毎日厨房に立つ調理人達は、さすがに突然依頼された療養食という注文にも、しっかり栄養があって食べやすいものを用意してくれた。

パンをスープで煮込んでパンがゆを作り、温かな飲み物を用意して、メリッサを送り出した。

料理をのせたワゴンをメリッサ自身で運びながら、先ほどのオスカーの様子を思い出す。

結局、オスカーが一体どんな被害を受けたのかは聞けていない。それどころか、オスカーはメリッサに声を掛けることはなかった。目線は向けたが、それも一瞬だけ。

明らかに、いつもの様子と違うオスカーに、メリッサは戸惑いすら覚えていた。

記憶がなくなったわけではなさそうだった。メリッサがいる場所、すなわちそこは辺境伯領だと、そう思ったからこその言葉だったのだとわかる。

騎竜の紫の貴婦人を心配していたのは間違いないだろう。だがそれ以上に、オスカーには余裕がなかったように思った。

メリッサがオスカーに出会って、まだそれほどの期間は経《た》っていない。なぜなら、メリッサは元々ただの食堂の娘であり、王弟であるオスカーと会話することなど、王宮住まいの間は許されてもいなかったためだ。そのため、メリッサがオスカーとまともに会話したのは本人が覚えている限りこの辺境に来てからだった。

それでも、今のオスカーが、いつもの様子とは明らかに違うとわかる。

それならば、もっとオスカーのことを知っているヒューバードや他の竜騎士達は、どれほどその違和感を覚えたのだろうと思った。

紫の貴婦人もオスカーも、万全ではないことは間違いない。メリッサは、自分の役割は、オスカーと紫の貴婦人をちゃんと療養させることなのだと思っていた。

いつものオスカーは、休養と言いながら、結局仕事をしている人だ。王族としての務めと、竜騎士としての務め。それにくわえて、軍の指揮官としての務めも併せ持つ、責任感の強いオスカーを療養させるのは、至難の業と言うべきことだった。

だが、今のオスカーは、それどころではないような気がしたのだ。普段は職務的に、周囲の観察を怠らず、自分の助力が必要な場面で適切にその力を揮《ふる》える人だが、現在は自身のことで手一杯の感じを受ける。

メリッサは、オスカーと紫の貴婦人に対し、何をしてあげられるのだろう。何をすればいいのか。その結論が出ないまま、メリッサは気がつけばオスカーのいる客室の前に到着していた。

扉をノックし、部屋の中からの返答を待つ。しかしすぐに扉は内側から開き、中からダンが顔を出した。

「メリッサちゃんか。どうぞ」

「あの、今入室して大丈夫ですか？　何かお話などしているのでは」

メリッサの問いかけに、ダンは若干の渋い表情のまま、曖昧《あいまい》な返答を口にする。

「うーん。メリッサちゃんが無理なら、他の誰も無理ってことだろうからいいと思うんだけど。

まあものは試しで、入って入って」

　試しとはなんだろう。

　そう思いはしたが、護衛として傍にいる人物が招いてくれたのだから、室内に入ることなら大丈夫なのだろうとそろりと室内をのぞき見る。

　オスカーはすでに寝台の上に戻ってきていた。

　相変わらず、庭に面した掃き出し窓は全開になっており、庭にすぐに出られるようになっている。今は室内をできるだけ紫の貴婦人の色に合わせて薄めの紫のリネン類を用意して飾っており、紫で飾られた寝台は高貴な身分のオスカーにも使ってもらえる上品な色合いだが、若干色合いが女性的すぎたかもしれない。

　オスカーはその寝台の上に半身を起こし、クッションを背に瞑想《めいそう》するように目を閉じていた。

　寝台の傍の椅子にはヒューバードが腰を下ろしており、窓の外にジミーとマクシムが護衛として立っている。

　いつもなら、紫の貴婦人も窓の外に近寄っていそうなものなのだが、先ほど目覚めたばかりで、動けるほどではなかったのだろう。部屋から見える位置にはいるが、近づいてきたりはしていない。

「メリッサ、食事を運んでくれたのか？」

「はい。一週間なにも口にされていないので、柔らかくしたパンがゆにしてもらいました。お口に合えばいいのですけど」

そう告げながら、オスカーではなくヒューバードの元へワゴンごとそれを渡す。

メリッサは、本人からの許可を得ずに、護衛の許可だけもらって中に入ってきた。この状態で、当然ながら本人に近寄ることはできないと考えてのことだ。

ヒューバードはワゴンの上の品々を目で確認し、そして小さなさじを懐から取り出すと、ワゴンの上の品々をすべてそのさじ一杯分口にする。

ヒューバードが毒味をしている。その事実に、驚き固まってしまった。

だが、メリッサはすぐさまそれが、現在の紫の貴婦人が不調であるため、その負担を肩代わりしているのだと理解した。

「すまないな、メリッサ」

ベッドの上のオスカーが、申し訳なさそうに苦笑しながらそう告げる。

「一応、私も竜騎士の同僚なのだから、ここまで過保護にしなくてもよいと伝えたのだが、今は王弟の身分が優先だそうでな」

「当たり前だろう。今、肝心の貴婦人が療養中なんだから。貴婦人に負担をかけるんじゃない」

「いえ、私は大丈夫です。貴婦人が早く元気に空を飛べるようにお祈りしています。餌《えさ》に関しては、竜達にも協力を仰いで用意しますから、ご安心ください」

オスカーはメリッサに視線を向けながら、微笑んでありがとうとだけメリッサに告げた。

そして今日の傍付きの役割らしいダンが寝台で食事ができるよう、足つきのトレイに載せた食事をオスカーの寝台にセッティングする。

「……食事はほぼ十日ぶりか。とても美味だ、ありがとう。染み渡るような感覚だな」

いつもの穏やかな表情になったオスカーを見て、メリッサは若干の違和感を覚えていた。どこがおかしいとはわからないのだが、何か違和感がある。

思わずヒューバードに視線を向けたが、ヒューバードもなにも言わずにひたすらオスカーに視線を向けているだけだ。他の竜騎士達もいつも通りだと感じるのに、オスカーにだけ違和感がある。

さじをスープに差し入れる手元も、それを優雅に口元に運ぶ様も、以前ともに食事をしたときに見た通りの作法であり、そこに違和感などはない。

ではどこがおかしいのか。

メリッサがいぶかしげな表情でいるのに気づいたらしいダンが、あちゃあとばかりに気まずそうな表情になっているが、他の竜騎士は相変わらず平静なままだ。

しばらく竜騎士達とオスカーの様子をずっと見ていて、ふと考えたのは、もしかして竜騎士達だけで会話をしているんじゃないか、ということだった。

メリッサに伝えられないことがあるならそれは問題ない。だが、もしそれだけならば、普段から竜騎士の傍にいることが普通のメリッサが、違和感など覚えるだろうか。

そこまで考えて、メリッサはいつもとは明らかに違う点に気がついた。

——オスカーの視線だ。

「……オスカー様、今日はずっと、口元を見てますね」

小さな声でつぶやいたメリッサの言葉に、予想通りオスカーは反応しなかった。

オスカーは、食事に集中しているからだというには、おかしすぎる。王族のオスカーは、食事の時間も基本は仕事のようなものだ。接待などに慣れているオスカーが周囲の会話に気を配っていないのはおかしいのだ。

会話のときは、目を見ていることが多い竜騎士達に慣れると、その視線が目ではなく口元を見ているのは確かに違和感がある。

元々竜達が何かを伝えたいときに目を見ているためか、竜騎士達も自然とそうなるのだが、オスカーとほぼ同期であるジミーがすでにその特徴を見せているのに、オスカーがそうなっていないのはおかしいのだ。

じっと見ていたメリッサだったが、突然何か知らされたようにはっと顔を上げたオスカーの視線が、ようやく目元に向けられたことで確信した。

「もしかして、お耳が遠くなられていませんか?」

王族、ましてや軍でも要職を務めた人物が読唇術を使えるというのは聞いたことがある。どちらも人混みなどで会話をする可能性があるためか、話を取りこぼさないようにある程度の読唇術は学ぶことになるのだと王宮の侍女長に聞いた覚えがある。もしやる気があるなら、侍女でも学べるから、という話だったが、メリッサはそこまでは学んでいなかった。

今、オスカーは、相手の会話をその読唇術で補っている状態なのだろう。目覚めたときも、メリッサの問いかけに答えなかったのは、あれは聞こえていなかったからなのだ。

あのとき、オスカーはなりふり構わず紫の貴婦人に駆け寄っていた。

紫の貴婦人の声だけが聞こえている状態なら、何があったのか急ぎ駆けつけるのも理解できる。

「ほらみろ。やはり通常通りなんて無理だろうが。貴婦人の耳だけを頼りに通常の任務などこなせるかよ」

そう言ったのは、窓で護衛しているマクシムである。一応横を向いていたが、話はちゃんと聞いていたらしい。

だが、メリッサとしては、マクシムが話を聞いていたことよりも、その会話の内容に驚き目を見開いた。

「貴婦人の耳？　もしかして、今ここの音を拾っているのは、貴婦人の耳だけなんですか？　オスカー様は、そもそも聞こえていない!?」

オスカーは頭を抱えてうつむいてしまい、その横で椅子に座っていたヒューバードは、そんなオスカーをにらみつけている。

「メリッサ、正解！」

そう朗らかに答えたのはダンである。

「え、でも、貴婦人は今、力は使えないんじゃ……」

メリッサが貴婦人に視線を向けると、今もただ眠っているように見えた。

その眠りが、通常のものではないのはわかる。今は体を癒やすことだけを考えているだろう貴婦人に、余力があるように思えなかったが、ヒューバードは小さく首を振って、メリッサに教えてくれた。

「確かに貴婦人は今、体を癒やすために眠っているが、繋《つな》がっている騎士の周囲に注意を払うことだけは本能的にしていることだから。オスカーが目覚めているのなら、その周囲の音にも注意を払っているし、それをオスカーが使うこともできるんだ」

それを聞いていたダンは、肩をすくめながらオスカーに告げた。

「メリッサにわかるなら、やっぱり王宮に帰るのは無理だろう。王族や貴族でめざとい者は気がつくだろうし、密偵はそれこそそういうことを知ることが仕事だ。その目をごまかすのは、今の状態だと難しい」

「それに、今貴婦人は動かせないだろう？」

ぐったり眠っている紫の貴婦人に、もう一度空を飛んで王都まで、というのは確かに無理そうだ。ヒューバードとマクシムがオスカーに告げた内容は、確かに正しい。

だからといって、オスカーだけが帰れるはずはない。紫の貴婦人が騎士が離れるのを許しはしないだろうし、白の女王も青の竜も、紫の貴婦人の願いを叶《かな》えようと全力でオスカーをここにとどめようとするだろう。おまけに今、周囲の音を拾っているのが貴婦人だというなら、オスカーと貴婦人を離すということはオスカーの耳を奪うことになる。

「オスカー……お前は確かに王弟だが、この地にいる間は竜騎士として扱う。竜が……青が認めない限り、貴婦人は動かせないし、お前もここにいてもらう」

ヒューバードが、厳《おごそ》かにそう宣言すると、オスカーも諦《あきら》めたように肩を落とし、ため息をつく。

「今はできるなら王宮から離れたくなかったのだが……」

「今はあっちは、紫の盾に任せておくしかないだろう」

悔しそうに首を横に振るオスカーを見て、メリッサは思わずヒューバードに尋ねた。

「お医者様の手配は、いかがしますか？」

そもそも何が原因で耳が聞こえなくなったのか、まだわからない。もしかしたら、すでにオスカーが目覚めた時点で他の竜騎士達には伝えられたのかもしれないが、メリッサにはわからないので、こうして尋ねるしかない。

「軍医を頼む。この辺境にも、軍医は一人派遣されているだろう？」

意外にも、その回答をしたのはオスカー自身だった。

「軍医なら、町医者よりも守秘義務が厳しく設定されている。話を通しやすいし、呼んでくれるか？」

「かしこまりました」

メリッサは、ひとまずその耳が聞こえなくなった原因についての追求はせずに、軍医を呼ぶためにクルースへの使者と手紙を用意するべく部屋を立ち去った。

翌日、使者と一緒にやってきた軍医に診察され、もらった診断書とヒューバードの手紙を携えてダンが夕刻から王宮に向かって飛んでいく。

ダンは、緑の竜の中でも速さに定評のある緑の尾羽という尻尾《しっぽ》の長い竜に乗っている。いつもこうした速度の必要な任務に就いているだけあって、夜間の飛行も慣れたものだ。

「一応、注意はしろよ。今のところ、オスカーが気づいた例の異変が、どこで発生しているかは特定できていない。多少到着が遅れてもいい。速度は少し落とし気味でいけ」

「了解」

あっさりとそれだけ言うと、ダンはそのまま空へと上がっていった。

メリッサは、ヒューバードとそれを見送りながら、まだ聞けていなかった疑問を問いかける。

「異変って、具体的に何があったのかはオスカー様は教えてくださったんですか？」

「ああ。……やはり、状況的には、例の遺骸の異変によく似ていたそうだ」

その報告に、メリッサは息をのむ。

「やはり、今追いかけている、紫の遺骸でしょうか」

メリッサが顔色を変えてそう問いかけると、ヒューバードはなぜか顔をしかめ、首をかしげた。

「……それなんだが、どうもおかしいらしい」

「え？」

おかしいとはなんだろう。何がどうおかしいのか、詳しく聞いたところ、どうやらオスカーもよくわからないらしい。

「声に関しては、もうなんと叫んでいるのかわからないほどの大きさだったらしい。今もまだ、頭の中をずっとこだまし続けているように感じるが、実際は音が聞こえていないそうだ。だが、それだけの威力で叫んでいるなら、もうとうの昔に誰《だれ》か竜騎士が聞いているはずだと。ましてや、被害を受けた場所にダンとマクシムは実際飛んでみたのに、あの二人はなにもなかったと証言している。……あの状態になった遺骸が、そんなふうに人を選んで叫ぶなんてできるのか。そのあたりで、私もどこか違う気がするんだ」

確かにその通りだった。

あの竜の呪いというのは、過去に生きていた竜の記憶をとどめ、再生しているに過ぎない。

そこに竜の意識は関わっていないし、もしその声が聞こえるなら、ずっと聞こえていないとおかしいということになる。

「……ですが、あちらに持ち去られている遺骸が、全く関係がないとは言えませんよね」

「ああ、その通りだ。……だが、どんなに範囲が広いからといって、山脈を包み込むほどの範囲であの声が響くこともないだろう」

せいぜいが、ひとつの国を包み込むほどの範囲。そう話すヒューバードに、メリッサは首を振る。

「遺骸がまとめて使われているわけではなく、腕についている鱗を剥《は》がすことによって範囲を広げている可能性もあるのでは？　ガラール国は国ひとつ覆われていましたけど、加工品がひとつ贈られたキヌートも同じくらい覆われていましたから、いくつか作って少しずつずらしておけば、その分範囲も広がるのでは」

「それだと最初の疑問がまた出てくる。オスカーには聞こえたのに、おなじ場所を飛んだダンとマクシムは全く被害を受けていないのはなぜか。いくらオスカーが紫だからとしても、あの威力の呪いなら、下位竜にも被害はあったはずだと言っている」

そこに問題は戻ってくる。メリッサはまだそれほど呪いに関して詳しく勉強していないが、呪いは叫び続けているという表現は何度も聞いている。途切れなく竜を呼び続けると聞いたが、そんな人間に都合がいいような動きをするだろうか。

「それに、もっと重要なことだが……鱗をそんなに簡単に加工はできない」

「あ」

メリッサは、その肝心な部分に全く意識がなかったことに気がついた。

「ガラールの鱗は、あれこれ加工方法について調べていた期間があったにせよ、遺骸が奪われたと判明してから二年と半年ほどでようやく十八個が売り物にできただけだった。しかもそれで間に合わないからと、ガラスで偽物まで作っていた。そう考えると、月に一、二個、削れればいい方ではないかと思う。少なくとも、ここ半年ほどで他大陸から帰ってきたばかりの腕から鱗を剥がし、呪いの威力を高められるほど削って、範囲を広げるためにばらまけるほどの数を用意するのはまず不可能だろう」

つまり、範囲を広げるために鱗を加工するような時間はなかった。あまりにもはっきりとわかる事実に、なにも言葉が出ない。

「……そもそも、まだ誰に売られたのかもわかっていないからな」

「人を呼ぶ鱗を求めていた、というのは、もうそのもの、呪いを含有している鱗を探していたということですよね」

「ああ。しかし密猟者達は、あの紫が呪いを内包していたことは最初の鱗を取引しようとした時点では知らなかった」

「それを知ったのは、東大陸に渡ってからなんですね」

メリッサがそう告げると、ヒューバードは笑みを消し、目を閉じた。

「青から、貴婦人の意識がはっきりしたと連絡だ」

その知らせを聞き、ヒューバードと顔を見合わせたメリッサは、ほぼ同時に竜の庭の中央に向けて駆け出したのだった。


どうやら青の竜は、今この場にいる竜騎士達全員に声を掛けたらしい。

オスカーは今日の傍付きだったジミーが肩を貸しながら移動してきている。そして、全員が紫の貴婦人の前に集合したところで、紫の貴婦人の目がゆっくりと開いた。

「貴婦人！」

グルゥ、クルル
紫の貴婦人が、愛《いと》おしそうに口元をオスカーの頬に擦《こす》り付ける。互いに無事でよかったと喜んでいるような優しい鳴き声に、メリッサの胸には温かいものが湧《わ》き上がった。

「貴婦人。まだ意識が戻ったばかりですまないが、他の、王都にいる竜騎士達の問題でもある。私達に、何があったのかを教えてくれ」

白の女王と青の竜が、紫の貴婦人の体を支えるように左右に挟み、首や尻尾で貴婦人を支えている。今、支えなければ姿勢を維持できないのかもしれない。それでも、他の竜より期間は短くても、騎士を選んだ騎竜としての責任を全うするために、紫の貴婦人が口を開いた。

メリッサは当然ながら、青の竜以外の竜の言葉はなんとなくでしか理解ができない。そのため、話を聞き終わったあとにヒューバードがまとめて教えてくれた。

結果的に、貴婦人はあれを竜の呪いだったと断言をした。

だが、以前ガラールで感じたものとはまた別のものだったという。

「呪いが補強されているわけではなかったと？」

「ああ、そうらしい。はじめは普通の呪いの声が聞こえたんだそうだ」

その声は、紫の明星のもので、それが青の竜の探している遺骸だとわかった貴婦人は、そちらに意識を向けたのだ。

その瞬間、突然貴婦人に襲いかかるように声が増幅されたものが聞こえてきて、とっさにかばったが自身とオスカーがまともにそれを聞いてしまったのだ。

「……それでどうやって、耳が聞こえなくなったのでしょうか。竜達の声は、頭に直接聞くものですから、耳には影響がなさそうなのですが……。呪いの声も、他の人に聞くことができないということは、同じように聞こえているのではありませんか？」

「その通りだが、人は耳から音を聞いたあと、その音を認識するためにはやはり頭を使っている。つまり今、オスカーは、頭が混乱して耳からの音を受け入れて、理解できる状態に変換することができなくなっているのだろう」

「……え？」

「つまり、耳は正常なんだ。それが頭の中に伝わっていないだけで。それなら、頭の中の混乱が収まれば、普通に聞こえるようになるだろう。一時的なものだ」

それが真実なら、これ以上安堵できることはない。思わず笑みを浮かべたメリッサだったが、まだ安心できないことがあることに気づき、首をかしげた。

「……あの、でも、それじゃあ最初に普通の呪いの声が聞こえたのは、どうしてなんでしょう?」

呪いが大きくなっていたわけじゃなく、なにもなかったはずの場所で、突然頭の中に声が聞こえる、その理由がわからない。

「方角は、以前ジミーが言っていた通り、トルーガの最高峰。あの山に暮らす山岳民族達の聖地ロガロ山。だが、あの地には、山岳民族達も立ち入らないはずなんだが……」

マクシムが頭を押さえながらそうつぶやけば、それに補足するようにヒューバードが答えた。

「あの山を越えて呪いが届く、というのはさすがに無理だろう。だからといって、あの山の手前側だと、もう我が国の国境に届く。その状態で呪いの鱗があったというなら、すでに誰かが気づいていたはずだ」

つまりここにいる竜騎士達は全員、その山の傍に竜の遺骸はなかったと判断しているようだった。

「……それなんだが」

それぞれの唇を読み、現在の会話を大体理解しているオスカーが、苦悩の表情で告げた。

「ロガロ山に、人影が見えた気がした」

その言葉に、全員が驚き、目を剥《む》いた。それが真実なら、竜騎士達の考えの前提をひっくり返すことになってしまう。

「ちょっとまて。あの山はトルーガ山脈の近隣国家には、すべて立ち入りが禁じられている禁足地だぞ。山岳民族達ですら入らない場所に、人がいたと？」

「竜達ですら、あの山の上空は飛ばない。それなのに、どこの誰がいたって言うんだ？」

オスカーに迫るようにマクシムとヒューバードが口々に問いかけるが、オスカーはそれには首を振って答える。

「いくら視力を貴婦人が補ってくれていても、距離が距離だし細かいところは見えないしわからなかった。ただ、山岳民族達ではないことはわかった。……あれは、どこかの軍隊だ。それぞれ、似たような装備を身につけていたように見えた」

どうやら山岳民族達は、衣服に大変特徴的な、色とりどりの色を使った刺繍《ししゅう》を入れているらしい。その刺繍によって、その人物がどの地に生まれ、どの組織に属しているのかがわかるのだそうだ。山の気候は厳しい。その中で生きる人々にとっても険しい環境で、わずかな失敗が死を招く地なのだという。そのため、山の中で目立つ衣装をまとい、その刺繍で自分の証をのこす。

だが、オスカーが見た人影は、暗い色の一色の衣装に所々雪をかぶったような白い色をしていたという。

「雪をかぶったか、迷彩として白の布をかぶっていたかだろうか。どちらにせよ、山岳民族達にはあり得ない装いをしていた。そのため、あれは軍隊であると判断したが、直後にあれを食らったからな……それ以上はわからない」

普通なら平地から近隣で最も高い山の山頂近くに人がいることに気がつくことすらできないだろう。その姿を見て、色を見分けただけでもメリッサはひたすら驚くだけなのだが、その情報を聞いたヒューバードは、渋い表情でオスカーに告げた。

「オスカー。こちらから送った遺骸捜索の現状についての報告書は見たか？」

「……いや。そもそも届いたことすら今知ったが」

オスカーの返答を聞いた瞬間、今度はメリッサとヒューバードが頭を抱える番だった。

「……簡潔に言うと、現在ガラール国が主導で足取りを追っているが、判明している現在地が中央国家群のインクの港を、近海船に乗船したまま通過中だった」

その説明に、オスカーは愕然《がくぜん》として青の竜に視線を向けた。

「じゃあ、少なくとも山脈の東側に、あの紫の遺骸があるということなんだな？」

真剣な表情での問いかけに、ヒューバードも厳しい表情で頷いた。

「そういうことだ。情報としては、やりとりに時間がかかるため、最低三週間は遅れている。

現在地がいきなりロガロ山の山頂でもおかしくはないということになる」

それを聞いた瞬間、オスカーは目を覆い、空を仰ぐ。

「ノヴレーは、位置的にはロガロ山の麓までが国境だったはずだ。……道を作られたか」

「その可能性はあるかと」

竜騎士達が厳しい表情で、それぞれ頭を抱えはじめたとき、メリッサはふと青の竜に視線を向けた。

青の竜は、真剣な表情で竜騎士達の話を聞いている。その視線はずっとヒューバードとオスカーに向けられており、他の誰に言われるでもなく、その二人が中心に話が進んでいることがわかっているらしい。

「……青」

グゥ？

メリッサが声を掛けると、視線をメリッサに向けてくれる。先ほどまで竜騎士達を見ていた視線とは全く厳しさの違う視線で、『なに？』と問いかけてきた。

「青は、ロガロ山ってわかる？」

その場にいた全員が、メリッサに視線を向けた。

一体何を聞こうとしているのかわからないのかもしれないが、メリッサは八割方、確信を持って青の竜に問いかけた。

ギューギュウ？

どうやら、ロガロ山という言葉には覚えはないらしい。それは予想通りだ。

「人のつけた名前なんだけど、この大陸は、山が中央に長ーくあって、平地が縦に半分になっているのはわかる？」

ギュ！

「その中で、一番空に近い場所にまで伸びている山はわかる？」

ギュギュ！

わかるらしい。それもかなり自信がありそうに頷いている。

「そこが、人がロガロ山って言っている場所なの。もしかして、前の青が、その山に関係して、人と何か約束してないかなと思ったのだけど、覚えはない？」

メリッサのその問いかけに関する答えは……。

ギュ！　ギューア！

『うん、あるよ』

あっさりと得られた答えに、先ほど以上に驚きの表情で、竜騎士達は青の竜とメリッサを凝視した。

第四章　光にもがく

トルーガ山脈は、昔も今も、この大陸で最も空に近い場所だ。それはすなわち、空を飛ぶ竜達に最も近くまで人が歩いて到達できる場所でもある。

昔々の竜達は、その場所を空に最も近い場所として、青の玉座と呼んで、周囲にねぐらを作っていた。

だがその場所は、小さな者達は生きるのすら厳しい場所であり、餌《えさ》をとるのも子竜を育てるのも向いてはいない。つまり巣としてはあまり適してはいなかった。

おまけに、当時はまだ、魔法使い達が大勢いた時代であり、彼らはその山は魔力を高める効果があり、魔法を使うのにふさわしい場所なのだと、竜達を追い出したがっていた。

何度も何度も戦いを挑んできて、何度も子竜達や若い竜達の命が奪われた。

そのため青の竜は、その土地から離れ、もっと巣として適した場所にねぐらを移動させることにした。

当時、その魔法使い達は、魔法を使って竜とも会話ができた。そのため青の竜は、その魔法使いと約束したのだ。

玉座はそちらに譲る。代わりにその山からこちらには出てくるな、と。代わりに竜達は、山を越えることはない。山はすべて人のものとし、空を舞うことはあれど、許可なく地に降りることはない、と。その証《あかし》として山頂の岩に爪《つめ》で証を刻み、魔法使い達も約束の文言を刻むことで、その誓約を永遠のものとした。

「魔法使いが生きていた時代って、前の青の時代でかろうじて、でしたっけ」

「そうだな。うちに伝わっている青の鱗《うろこ》の杖《つえ》が、魔法で作ったものだな」

今日《きょう》の昼、青の竜から話を聞いたあと、オスカーの体調も考えて今日は一旦解散となったのである。

明日《あす》は、現在キヌートで集まった情報を精査し、まとめているはずのイヴァルトの一級秘書官カーライルを呼び出し、改めてあの日まとめた情報を報告してもらうことになった。

今日は解散になったが、それでもいろいろ考えることが多すぎて、寝るに寝られない。晩餐《ばんさん》も終わり、就寝の支度を整え、寝台に二人転がった状態で、まだ二人揃《そろ》って頭を抱えているのである。

「竜と会話できる魔法使いが、まだたくさんいた時代、ということですよね。前の時代がかろうじて、なんですから、前の前くらいの話でしょうか……」

青の竜は、大体百年に一度生まれると聞いている。だが、世界中でたった一頭生まれる竜が、同じ大陸に立て続けに生まれることはなく、結果、青の竜が同じねぐらを治めるとなると数百年、下手《へた》をすると千年単位で時間が経過している可能性がある。

「さすがにその時代となると、我が国でも文献など残っているのか怪しい話だな」

千年前となれば、イヴァルトという国が成立する前の話である。その場合、文献という形で情報が残っているのかどうかもわからない。

普通に魔法使いをおとぎ話の登場人物くらいに考えていたメリッサは、想像以上の困難さに、ひたすら頭を抱えるしかなかったのである。

「文献調査は難しいだろうな……」

「魔法使いが関わった文献なんて、おとぎ話しか知りません……。しかも、魔法使いが竜と会話できて、約束までしていたなんて、おとぎ話でも聞いたことがありません……」

竜が出てくる話なら、王宮にあった本で平民にも読むことができたもの限定ではあるが、大概メリッサは読んだと思う。

だが、そんな話はメリッサも見たことがなかった。

「山頂の岩に爪で証を刻み、ということは、そこに何かはあるということですよね」

「ああ。ただ、それがどんな効果があり、なぜ今になって動くようになったのかはわからない」

一体どういった作用があって、鱗の呪《のろ》いが山裾《やますそ》にいた竜騎士に、しかもたった一騎に的中させられたのかがわからない。

メリッサは、その場所と竜達が何か関わりがあり、竜除《りゅうよ》けか何かが設置されているのではないかと思ったのだ。それを設置したのは山岳民族達で、理由はその場所が聖地だから。それくらいに考えていたのだが、予想以上に昔の話が出てきてしまい、とっかかりがなくなってしまったのである。

「……ヒューバード様。竜を呼ぶ鱗って、今回の目的で使うことを想定していたと思います？」

「そうだろうな。実際、オスカーと貴婦人は、呪いの鱗に呼び止められて翼を止めたようなものだ」

そして、おそらく呪いと思われる何かが直撃した。確かに見事に足止めされてしまったのだ。

「……だが、その鱗の使い方はわからない。あの山が魔法使い達が使っていた場所であることを考えると、やっぱり、青の鱗がついた黒鋼の短杖《たんじょう》のように、過去の魔法使い達が使っていた道具、ということか？」

ヒューバードが、枕《まくら》に頭を載せたまま、天蓋《てんがい》を見つめてその考えを口にする。

「でもですね。そうだとしたら……その道具は、ずいぶん遠距離に効果があるんですよね。辺境伯家に伝わる短杖は、青自身が口に咥《くわ》えないと効果が出ないじゃないですか。それを考えると、威力的にもっとものすごく大きいものじゃないとおかしいような気がするんですが」

「ああ、私もそれは思った。というより、わざわざあの険しいロガロ山の山頂まで、その道具を運び、照準を我が国へ向け、偶然通りがかる竜を狙《ねら》って撃つ。……そんなこと、やっていられるものかと」

目を閉じ、そうつぶやくヒューバードに、メリッサは視線をヒューバードに合わせてその端正な横顔に視線を向ける。

ここしばらく、ヒューバードはよく眠れていない。

最近、メリッサはヒューバードの朝の顔を見て、それがわかるようになってきた。

基本的にヒューバードは早起きだが、眠れていないときは朝の目つきが厳しくなる。それがわかっていても、闇雲《やみくも》に寝てくれとも言えなくて、せめて少しでも時間がある間は昼でも夜でも、膝枕《ひざまくら》なり抱き枕なりしてもいいので、休んで欲しいのである。

しかし、オスカーがここに運び込まれてから、その機会もなかった。

「ヒューバード様……っ、いえ、あなたっ」

メリッサが呼び掛けると、ヒューバードが目を開けて、メリッサに視線を向けた。

「どうした？」

メリッサは、ヒューバードの目を見て、そして自分の両腕をまっすぐにヒューバードに伸ばした。

「もう寝てください。いつもは私の方が早く眠くなるのに、今日はヒューバード様の方がよっぽど眠そうです。……最近、眠れていないようなので、私、抱き枕になりますから！」

いつもヒューバードは、疲労が重なりすぎると、自然とメリッサを抱き上げる。この辺境伯領に来てから、基本的に家にいる間は傍《そば》にいることが多いため、少し疲労しただけでもすぐにメリッサは抱き上げられ、膝に乗せられてぎゅっと抱きしめられていた。

ここ最近、それすらしていなかったため、ヒューバードの疲労の度合いは相当なものになっていたのだろうと思う。

腕を伸ばしていたメリッサの体は、一瞬でヒューバードの体の上に乗っていた。

腕を引かれ、ひょいっと乗せられたのだが、そのまますっぽりとヒューバードの腕に収まり、メリッサはヒューバードの腹の上でしっかりと抱きしめられていた。

「いや、あの、さすがにこの姿勢は……重いですよ!? お、下ろしましょう、今すぐに！ 休息で重いもの乗せてたら、眠れないでしょう!?」

「……横になったまま抱きしめると、どうしても腕をメリッサの下に潜り込ませることになるが、それをすると、その腕はしびれてしばらく使い物にならなくなる」

それを言われてしまい、メリッサはうっと口ごもってしまう。

「メリッサが寝づらいとかじゃないのなら、このままでいてくれ」

そこまで言われると、メリッサとしてはもう何も言えない。ヒューバードの腹の上で眠るのは、特にメリッサに困ることはないのだ。ただ直接的に、メリッサの全体重がヒューバードの胴にかかってしまい、本当に大丈夫なのか心配になるだけだ。

「……寝づらいとは思わないですけど……本当に、重くないですか？」

「大丈夫。……重みが心地いいくらいだ」

へ？

メリッサがヒューバードの言葉に首をかしげているうちに、ヒューバードは本当にメリッサを腕に収めたまま、穏やかな寝息を立てはじめていた。

幼い頃《ころ》は、よくこの姿勢で昼寝をしていた記憶がある。

目が覚めたとき、穏やかに眠っているヒューバードの顔を眺めながら、自分はずっとこの人と一緒にいるんだと幼い決意を心に刻みつけ続けた。だが、昼寝をしなくなった頃には、自然とヒューバードと一緒にいるのは難しいことなのだと理解していた気がする。

まさか成人したあとにまで、この姿勢でこの人の寝顔を見ることになるなんて、その頃には思ってもいなかった。

「……やっぱり……好き。……私も、この姿勢はとても安心するんですよ、ヒューバード様」

だんだん落ちてくる瞼《まぶた》に抗《あらが》うことなく、メリッサは睡魔に身を委《ゆだ》ねる。

「……おやすみなさい、あなた」

その挨拶《あいさつ》を終えた頃、メリッサの意識も完全に闇《やみ》の中に沈んでいた。

翌日の朝、青の竜がねぐらから辺境伯邸に飛んでくる前に、再び庭にはダン以外の竜騎士が揃っていた。

ヒューバードは、ここ数週間の疲れも見えないほどのすっきりとした表情で、昨晩は庭で眠っていた白の女王があきれるほど気力が復活していた。

「ここ数日ずっと不機嫌だったのが嘘《うそ》みたいにすっきりした表情をしているな」

オスカーが思わずそうつぶやくほど、体力まで回復しているヒューバードは、肩をすくめて答えた。

「いつもの、優秀な回復役が癒やしてくれた」

それだけで、竜騎士達には伝わったらしく、全員が砂糖のかたまりでも丸のみしたかのように顔をしかめることになった。

「おはよう、青！」

そんな竜騎士達の横では、その会話を気にすることもなくいつものように、メリッサが青の竜を出迎えた。

青の竜はうれしそうにメリッサに駆け寄り、メリッサの頰《ほお》に挨拶とばかりにちょんと鼻先をつける。

「青、今日のおやつよ。はい、甘瓜《あまうり》」

甘瓜は、子竜達が好む、果物のような甘みがある瓜だ。最近辺境伯領のとなりの領地で栽培されたものが実ったからと野菜を商う商人がすぐさま届けてくれたのだ。

もちろん青の竜も、子竜のときからこれが大好きで、丸のまま渡してやると口元や両前足をベタベタにしながら食べていた。

今の青の竜だと、この甘瓜も一口で食べられる。目の前に差し出せば、大喜びでパクリと一口、あっという間に食べ尽くし、すぐさま横に移動して他《ほか》の竜達のおやつを促していく。

そして機嫌のいい今のうちにと、竜騎士達は青の竜の傍に集まった。

「青の竜、少し聞きたいことがある。もし知っていたらでかまわないから、教えて欲しい」

青の竜は、首をかしげながら、メリッサと竜騎士達を見比べている。

どうやらメリッサの傍を離れることはしたくないらしく、そのままここで話せとばかりに話の先を促した。

「昨日《きのう》聞かせてくれた、魔法使い達のことだ。その魔法使い達は、竜達相手に使う道具を作ってはいなかったか？」

グルゥ？

なんだそれはと言わんばかりの表情をして、知らないと告げた青の竜に、竜騎士達は今日の訓練の時間を使って相談していたらしい内容を告げた。

「青、お前も、現在あの山の向こうの国に、紫の遺骸《いがい》があるのは聞いていただろう？　そして、貴婦人が被害を受けるときに聞いたのが、お前の生み親である、紫の残した呪いであることも」

青の竜は、それを若干顔をしかめながら聞いていた。

「だが、この国にはもう遺骸は残っていない」

「それは、現在叙任されている全竜騎士を代表して宣言する。国中を飛び回り、竜騎士達が全土を確認した。水の中まで潜って確認したから、間違いなく残っていないと断言できる」

水の中の話を聞いて、若干嫌そうな顔をしたが、そこまで断言した竜騎士達の努力を認めたのか、青の竜はうん、と穏やかに頷《うなず》いた。

「だが、それなのに貴婦人は紫の遺骸の呪いをこの国の中で聞いたと言っている。その方向はロガロ山……つまり、あの最高峰で、お前が言うところの過去の青の玉座だった場所だった。

……そこで考えたのが、もしかしたらあの場所に、魔法的な何かがあるのではないか、ということだった。以前、小さな紫が入った檻《おり》のような大きな仕掛けが、今も何かしらの形で残っているのではないか？　そう思ったんだが、そもそもそんなものが存在するのかも私達にはわからない。そこで、あの場所に魔法的な大きな仕掛けなどがあるか、もし知っているなら教えて欲しい」

青の竜は、ちゃんとその問いかけを理解したらしい。

少し待って、とだけ言うと、その場で丸くなり、目を閉じた。

昨夜、熟睡したヒューバードは、久しぶりにすっきりとした頭で考え、文献などで調べることができないなら、青の竜に聞いてみればいい、と思い至ったのだ。

青の竜の中には、過去の青から引き継いだ記憶もきちんとある。そのことは、今回のロガロ山と竜の関わりについて説明できたのだから、間違いないはずだ。

今現在、魔法使いと呼ばれる人間は世界中を探しても一人もいない。そもそも魔法言語自体失われており、わずかながら残っている魔法関係の遺物などに魔法言語だと伝わる文字が記されているが、どんな読み方をするのかもわからないのだ。

そのため、例の竜を呼び寄せる鱗を探していた者が、新たに呪いに関する魔法の道具を作り出したと考えるより、過去にあったものを使えるようにした、というのが正しいのではないかと考えたのだ。

グギュゥ……ギュルル、ギャルゥ

どうやら何かを思いついたらしい青の竜に、竜騎士達の期待の眼差《まなざ》しが注がれた。

「あった？　あったのか本当に？　それはどんな道具だ？」

ヒューバードが問いかけると、青の竜はきゅっと目を閉じた状態で、しばらく喉《のど》を鳴らしていたが、ようやく思い出した、とばかりに顔を上げ、小さく雄叫《おたけ》びを上げたのである。

そしてしばらく説明をしたのち、青の竜はふう、と一息つき、メリッサの足下にすり寄った。

どうやら頑張って思い出したことを褒めてもらいたいらしい。

「ありがとう、青！　あなたが思い出してくれたおかげで、少しだけ紫の遺骸と貴婦人の敵に近づけたわ」

青の竜を褒め、ご褒美をやるのは、今もずっと代理親であるメリッサの務めである。

メリッサは、ためらうことなく青の竜の鼻先を抱きしめ、全身をくまなく撫《な》でてやった。

そして青の竜からその情報を聞いた四人は、それぞれが頭を抱え、うなっていた。

「竜除けの施設？　施設ってことは、何らかの建築物だよな？　そんなもの、あの山にあったか？」

「私は竜騎士になってから、いろんな季節に何度もあの山の傍を飛んだが、そんなものを見た記憶はないな」

長年竜騎士として、イヴァルトの空を飛んでいたマクシムと、同じく隊長として国境を越えて飛び回っていたヒューバードがそう断言すると、ジミーはあの紫の貴婦人が落ちた日のことについて何度も思い返し、断言した。

「あの日、山には雪が積もっていました。もしそのような施設があったとして、雪で真っ白に覆われた場所には、そんなものが存在している気配もなかったと思います」

そしてオスカーは、ジミーの見た風景を補足しつつ、あの日のことを再び思い起こして口にする。

「私は人影は見たが、その人影が姿を見せる瞬間は見た覚えがない。もしかしたら、地下など見えにくい場所に入り口があるのかもしれないとは思う。それと、私は竜騎士になって日は浅いが、軍人として何度も演習であの山の見える場所で作戦をこなしてきた。そのときにそんな遺物があれば、いくら何でも気がついただろうと思う。あそこは禁足地だという知識は若いうちからあった。そんな場所に建物が見えたら、禁足地の条約をどこかが破ったことになるからな。声を上げるべき事案だろう」

「それと一点重要なことがある。どこかの軍が関わっているというなら、これは明確な戦闘行為となるということだろう。我々は、攻撃を受けたということになるな。これで、防御のためにこちらからの攻撃行為も容認されるだろう」

メリッサは、そのそれぞれの主張を聞きながら、話をまとめていく。

「つまり、全員が、地上にその施設はないと判断した」

竜騎士達は揃って頷いた。

「しかし先日は、どこからともなくどこかの国の兵隊らしき人たちが、突然出現してきたと」

「その通りだ」

「そして可能性としては、施設とやらは地下にあるかもしれない、と」

うん、と全員が納得したところで、それじゃあ、とマクシムがつぶやいた。

「それで現実的に考えて、竜も飛ばない場所にある施設にどうやって潜り込んで、遺骸を奪取してくるのかという問題がある。相手が軍だというなら、間違いなく戦闘になるだろう」

その最大の難関について、全員が考えなかったわけではない。だが、そもそもそんな施設の存在事態を知らなかったため、全員力業しか思いつかなかったのだ。

すなわち、空からの急襲である。

「だが、山に飛び降りたあと、再び拾ってもらわなきゃならないわけだが？」

「あれだけの高さがあれば、崖《がけ》のひとつもあるだろ。そこから飛び降りりゃいい。竜に拾ってくれと頼みながらな」

竜騎士達にとっていつものことの、かなり無理のある力業を、ヒューバードとマクシムが相談しているのを聞いて、メリッサは顔色を変えた。

「ちょっと待ってください!?　空を飛び降りている最中に、呪いを受けたらどうなるんですか！　竜も人も被害が出てるんですよ？　そんなの食らったら、落ちちゃうかもしれないけど、それでなくても地上に降りた途端に身動きがとれなくなって捕まってしまうんじゃありませんか!?」

それを聞いた瞬間、今まで力業を相談していた二人がぴたりと口を閉じ、それぞれが腕を組んで難しい表情でうなりはじめた。

「どちらにせよ、その施設の詳細を調べなければならないな。だが……」

オスカーが紫の貴婦人に視線を向ける。

「イヴァルトからの登山道はない。登れそうな場所は、過去の崖崩れなどですべて道がふさがったと言われていたし、それは竜騎士達が確認している。……それこそ、空から降りた方が安全なくらいではないかな」

まさかの登る手段が力業のみの結論に、メリッサは肩を落とした。

「それならそれで、できるだけ短時間で攻略がすむように、その施設について調べるべきだろうな。正確な場所、建物の内部の構造、施設の運用人員の数、警備の数、防衛設備の詳細……」

オスカーが指折り説明してくれるその内容に、ため息しか出ない。

「その場合、普通ならばまず文献捜査なのですが……施設ができたのが、前の青よりさらに前だということは、文献が残っていそうな場所を探す方が難しいかもしれません」

それだけ時間が経《た》っているということは、本はもとより建物も素材によっては跡形もなく消え去っている。

そんな時代の書物ならば、王宮の書庫の奥の奥に、あるかもしれない？　くらいの不確かな状態だ。

「……早急に王宮で調べさせよう。クライヴなら、王宮書庫の禁書庫に入ることも可能だろう。ヒューバード。盾に連絡を入れられるか？」

「……つい先日、紫の盾による防御がなされている。特に呪いの声を警戒していたので、白より強固なそれを通すなら、青に鱗経由で語りかけてもらう方がいい」

その会話を聞き、メリッサに甘えていた青の竜が、顔を上げて二人に視線を向けた。

「青、あちらに鱗で語りかけてみてもらえる？」

ギュゥ！

青の竜は、頼み事をされたことを喜び、すぐさまヒューバードに何を伝えるのかを聞くと、鼻歌でも歌うようにギュ、ギュ、ギュと鳴きながら、王宮に顔を向けてしばらく動かなかった。

「これでイヴァルトの方はいいとして……可能なら、キヌートの方でも文献を調べてもらおう」

ヒューバードはそう言うが早いか、懐からメモを取り出し、調査する具体的な内容を記し、正式な書類として作成してもらうために執事のハリーにそのメモを手渡した。

「……なぜわざわざキヌートのものも調べるんだ？」

「……キヌート王国は、ずっと竜を忌避していた国だ。ある意味、竜と積極的に交流を持っていた我が国とは歴史が違う。それに、以前竜の捕獲器が設置されていたこともある。竜を捕獲したり、忌避するための道具に関する本も残っている可能性が高い。……まあ、以前あの国の姫がその捕獲器でやらかしたから、王領の書庫は調査されて撤去された可能性もあるだろうがな」

ヒューバードの視線の先には、いつも庭に青の竜と一緒に来ては、うとうとと昼寝をしていく小さな紫がいる。その捕獲器でとらわれ、地面を引きずられてこの国にやってきたあの小さな紫は、すでに成体だったためか体の大きさこそそれほど変わりはしなかったが、ちゃんと普通に昼の空を飛ぶようになり、空の散歩を楽しめるようになっている。

この国に来た経緯は痛ましいものだったが、他の竜達に囲まれて楽しそうにしている姿を見ていれば、たどり着けて良かったと、そう胸を撫で下ろすのだ。

あの竜が捕獲された経緯は、やはり書庫でその捕獲器に関する書物があり、王女が使い方を理解したことがきっかけだったのだ。

竜を捕獲する行為などとは最も縁遠いイヴァルトより、よほどキヌートの方がその手の書物は多いと思う理由がそれだった。

「それに、今日来てくださるカーライルさんが、これも職務のひとつとして調べてくださるような気がします」

一級秘書官のカーライルは、今まさに密猟者の足取りを追い、現在はキヌートに滞在して情報をまとめている。

「まさか、こんなにも竜が嫌がる魔法道具の情報が必要になる日が来るとは思わなかった。これからまた、似たような被害が起こるときのために、我が国でも常々情報は調べておくべきなのかもしれないな」

オスカーがそうつぶやいたとき、竜達が突然、一斉にそのキヌートに続く道に顔を向けた。

メリッサの目から見てもすぐにわかるほど、国境付近から砂煙を立ててものすごい勢いで馬車が突っ走ってくる。

「……何事でしょうか？」

あそこまで速度を出して駆け抜けてくる馬車は、はじめて見たかもしれない。そしてその最高速だろう馬車は、そのまま街を駆け抜け、先触れを出すこともせず、辺境伯邸の庭に突っ込んできたのである。

驚きの速度の馬車からは、カーライルがただ一人で転がり落ちそうになりながら降りてきた。

あの暴走馬車一歩手前の乗り心地はよっぽど大変だったのか、日頃《ひごろ》は文官らしくしっかりと梳《くしけず》りまとめてある艶《つや》のある鉄色の髪がボサボサでほこりっぽくなっており、顔色も悪い。口元を押さえ、うつむきじっとしているカーライルに駆け寄って、ひとまず背中を摩《さす》る。

「あの、大丈夫ですか、カーライルさん?」

「は、はは……大丈夫です。……うっ。できるだけ早く走れる馬でと自分が注文をつけましたので……ぐっ」

そうしてカーライルをしばらく休ませていると、ヒューバードが駆けつけてきた。

どうやらあまりにも速い馬車だったために、琥珀《こはく》の竜達が若干はしゃいでしまったらしい。それを抑えていて時間がかかったようだ。

「カーライル! 一体どうした。確かに来てくれとは言ったが、あそこまで急いでくれなくても、普通に定期の馬車で来てくれても良かったんだが」

ヒューバードが困惑したような表情でメリッサがやっていたようにカーライルの背中を摩る。

そうして自分の足で立てるようになったカーライルは、送った手紙を見せながら、すぐに告げた。

「ひとまず、オスカー殿下にご挨拶を。そのあと、こちらが得てきた情報を報告させて欲しい」

「……まず部屋で身繕いを。ほこりっぽいまま、王族の前に出るのは不敬だろう」

ヒューバードは、おそらく身繕いよりもカーライルの顔色を気遣ったのだろう。だが、その明らかに顔色が悪く休憩が必要そうなカーライルが言い切った。

「すまないが、一刻を争う情報だ。そんなことはあとでいいから、まず挨拶を済ませたい」

そして顔色が真《ま》っ青《さお》なままのカーライルをつれて、ヒューバードとメリッサはオスカーの元へと移動した。


オスカーは、きちんと騎士服を身につけて、竜達が中を見られる庭に面した応接室で待っていた。

普通なら、オスカーは王族として礼装を身につけているだろうが、ここにいるのは竜騎士としてなのだ。そのためにわざわざ着替え、こうして待っていたのだろう。その顔色や表情からは、現在オスカーが抱える体調の問題など一切うかがえない。

「お前がカーライルか。かまわないから、顔を上げてくれ。私の噂《うわさ》くらいは聞いているのだろう？　私との対話は、すぐさま頭を上げていいといつも伝えていることを。頭を下げられたままでは、有用な話はできないものだ。宰相秘書官から、優秀なのが一人確保できなかったとの噂を聞いている。所属が決まっていないと聞いているが、まだ王宮に帰ってはこないのか？」

カーライルのことは、オスカーも名前を知っていたらしい。それだけ優秀な人なのだろうが、そんな人が今、身繕いをする間もなく挨拶を先にと急いだ理由がわからず、メリッサは首をかしげていた。

普通なら、王族に挨拶するとなると、何を置いても身繕いをしてからとなるだろうに、カーライルはそんなことはあとだとはっきりとヒューバードに言い切ったのである。

ヒューバードもそのあたりのことで不思議に思い、それぞれに声を掛けたのだろう。この場に護衛として残っていた竜騎士達も集まり、気がつけば窓の外には白の女王を筆頭に、各騎竜達までそろい踏みしてカーライルを見つめていた。その中にはちゃんと紫の貴婦人もいて、おそらくオスカーを聴覚面で補助するために来たのだろう。これだけ近ければ、間違いなく普通に会話が成り立つはずだ。

「はじめて御意を得ます。私は父が軍務官であった関係で、閣下のお名前は常々聞き及んでおりました。このたびは、私のためにお時間をいただき、ありがとうございます」

「ああ、かまわない。どうやらずいぶん急いだようだ。話を聞かせてもらいたい」

「はっ」

そうして許可を得た途端、カーライルは懐から書状を取り出した。

「こちら、昨日ガラールより届けられた新しい追跡情報です。ついに例の商人が船を下り、商売相手とおぼしき存在と接触したそうです。そしてその相手は、ノヴレーの貴族の元へ向かったとのことです。ですが、ガラールの追跡者はそこでその相手に怪しまれたらしく、これ以上の遺物の追跡は断念したとの連絡を入れてきました。ただ、商人の方は無事に確保、現在、ガラールへ向けて移送中とのことでした」

その報告は、ある意味、ここにいる面々はすでに想像していたものだった。オスカーも、書面で報告を受け取り、小さくため息をつく。

「ノヴレーか。案の定だな」

その書状を横にいたジミーに預けると、再び正面で向き合ったオスカーは、改めてカーライルに問いかけた。

「……それで、他にも何かあるのかな？　……ガラールの報告内容は、おそらくキヌートの面々も想定していた通りだったはずだ。他に何か、急ぐ要件があるようだが？」

オスカーのその問いかけに、カーライルは慌てることなくもう一枚、封書を取り出した。

「こちらは、キヌートの第三王子殿下よりお預かりした紹介状です。……ノヴレー国内で、新しい竜兵器開発の噂あり。この情報は、ガラールではなく、元々ノヴレーを調査していたキヌートの調査隊からの報告でした。……ですが、その開発していたはずの竜兵器が、過去の遺跡より発掘したものを無理やり起動させたものではないかとの疑惑が持ち上がったのです」

カーライルは、ずれた眼鏡《めがね》を指先で直しながら、紹介状についての説明を付け加えた。

どうやら、その遺跡について詳しく知る者がいるらしいが、キヌートからその場所に行くことは不可能らしい。

「それでこちらに紹介状、ということは、この方にお目にかかるにはイヴァルトからなら行けるということか？」

オスカーが問いかければ、カーライルはあっさり首を振る。

「違います。時間をかければキヌートの者でも行けるでしょうが、直接キヌートからその場所には向かえない、ということです。……その専門家は、現在山岳民族の一部族に身を寄せ、ロガロ山にある遺跡の調査を生涯をかけておこなっているそうです。トルーガ山脈の中にその部族は集落を作っており、そこまで行くにはよほど険しい山を登るのに慣れていなければ、他は竜騎士くらいしかたどり着けない村とのことでした。ノヴレーの干渉もないだろうから、その場所なら竜で直接行けるだろうとのことです」

それを聞いた瞬間、竜騎士達は互いの顔を見合わせ、代表してヒューバードがその手紙を受け取った。

「一級秘書官カーライル」

オスカーがその名を呼ぶと、カーライルは改めてオスカーの前で膝をつき、頭《こうべ》を垂れる。

「よくやってくれた。お前の持ち帰ったものは、今まさに我々が欲していたものだ」

そう告げて、改めてオスカーは尋ねた。

「ところで、なぜ、これが我々に必要になると考えた？」

その問いかけに、メリッサは目を瞬《まばた》いた。

確かに、竜兵器を開発中から遺跡を無理やり起動させた情報が出たとしても、それがすぐさま調査しなければならないかというとそうではない。

キヌートへは、さすがにオスカーの不調の話は伝えていない。今回、表向きはオスカーは王太子殿下の約束した竜騎士の新たな拠点に関する話し合いを青の竜とおこなうために来ていることになっている。

まだ権限はほとんど持たない王太子よりも、軍の最高幹部の一人であり、王弟としての実績もあるオスカーの方が、間違いなくその相談には向いている。

ましてや今は、紫の貴婦人を得た竜騎士でもあるのだ。表向きの話は、十分説得力もある。おまけに竜で移動するオスカー自身の護衛として、竜騎士を数人連れてきていてもおかしくない。

つまり、キヌート側にこの竜兵器に関する報告を急ぐ理由は特にないはずだった。

「……竜兵器の再起動のために必須のものがあります。正確には、過去に存在したという竜に影響する道具というものには、どれもすべて、竜の遺骸が使われているのです」

カーライルの視線が、まっすぐにヒューバードに向けられた。

「現在、辺境伯の身分証明にも使われる黒鋼の短杖には、先の青の竜の鱗が使われている。それと同じように、大概の対竜魔道具には、もれなく遺骸が使われていたのです」

「……あの、それは、あのキヌートに設置されていた竜の捕獲器にもですか？　あれには鱗らしきものはありませんでしたし、特に呪文《じゅもん》が描かれていたわけでもなかったので不思議に思っていたのですけど……」

カーライルは、そのメリッサの疑問に一瞬のためらいもなく口を開いた。

「あれは、メダリオンに加工された竜の鱗が使われています。あの捕獲器は、メダリオンに使われている竜の鱗によって魔法が維持されているのです」

目を見開き、驚きに固まったメリッサは、あの檻の中に自分が入ったときに見たメダリオンの裏側についていた、小さな石を思い出す。

あの大きさの鱗などあるわけがない。ということは、あれは人の手で加工され小さくされた鱗だということになる。

鱗を加工すると呪いが強くなるとばかり思っていたメリッサは、竜達の鱗の真実がわからなくなり、戸惑いの視線をヒューバードに向けていた。

「それでカーライル。お前はこの遺跡の起動にも、竜の遺骸が使われていると、そう思ったんだな？」

ヒューバードが問いかけると、カーライルは小さく頷いた。

「どんな条件の、何が必要なのか。そこまでは調べられませんでした。ですが、対竜兵器として起動させた遺跡となれば、その起動に必要なのは竜の遺骸。しかも、遺跡の大きさをまかなうほどの力の強い道具となれば、それこそ昔の正式な起動の鍵《かぎ》か、指や腕などの力が大きそうな遺骸が必要になるのかもしれないと、そう考えました」

そこまで報告したカーライルは、表情を陰らせた。

「ですが、遺跡が発動したあとでは、どのような攻撃なのか知らない限り、竜騎士はその場所に近づくのも難しくなる可能性があります。すでに起動の噂が流れたということは、遺跡は占拠されているのでしょう。それならば必要なのは、遺骸の奪取のために情報を集めること。そう判断し、キヌートで遺跡の専門家に心当たりはないかと尋ね、先ほどの紹介状をいただいてきた次第です」

なるほど、と思った。

現在、イヴァルトの竜達とイヴァルトの国との間には、うっすらと亀裂《きれつ》が入ろうとしている。軍を組織することを許されなかった、辺境唯一の騎士の存在。その先代、先々代が無残な死を迎えたのは、竜達にとっても嘆きが深かった。だからこそ、現在の唯一の騎士について、明確に『守れ』と、そう青の竜が口を出したのだろうと思われた。

そして、その前当主の騎竜だった奪われた仲間の遺骸を連れ戻すことで、信頼関係を修復するとの意思が示されたのだ。

人々の誠意が試され、死に物狂いで、それこそたった一枚の鱗も見落とさないように水中まで総ざらえをした竜騎士達は、今回、カーライルが持ち帰った情報をすぐさま確認しに走るだろう。

だが、その遺跡が発動してしまったあとでは、竜達を近寄らせるわけにはいかない。どんな効果かは知らずとも、遺跡が竜と敵対する存在の作り出したものとなれば、真っ先に逃がさなければならないのは竜達だろう。近寄れば問答無用で攻撃されるような品ならば、そのまま距離を置いて放置する方が安全などという話になる可能性もある。

その判断をするためには、とにかく遺跡についての専門的な知識を持つもの、または書物などから、遺跡の正確な情報を知るしかないとなるだろう。

オスカーは、そこまでのやりとりを耳にして、ふっと笑って見せた。

「カーライル。お手柄だ。お前が希望するなら、我が名と王族の血をかけて、お前に希望の席を用意しよう。今しばらくは現在の職務を全うするように願いたいが、それが終わったら遠慮なく私の元へ来るといい。どこ行きの推薦状でも用意しよう」

カーライルはそのオスカーの言葉に深々と頭を下げて礼を述べ、立ち上がると他の調査報告書を置き、再びキヌートの王領へと向かった。

ふらふらのカーライルが馬車に乗り込もうとするのを、なんとか休憩させようと頑張ったが、どうやら飛び出してきてしまったため、手続きなどはほぼ無視してしまい、その関係で急いで帰らなければならないらしい。

今度は馬を付け替え、普通の速度の馬車に乗って帰りたいとの希望が優先されたため、琥珀の竜達が残念そうに見送ったのが、メリッサとしては大変印象的な出来事となったのだった。

「明らかに、オスカーの受けた攻撃はこの遺跡とやらが起動したものだろう。一刻も早く遺骸を回収しないと、被害が広がりかねない」

ヒューバードがそうつぶやくと、マクシムはすぐさまジミーに視線を向け、頷いた。

「向かうのは俺と……ヒューバードだ。ダンの帰還が間に合えば、俺とダンで向かったんだが」

マクシムの残念そうな言葉を聞き、ジミーが小さく頭を下げた。

「すみません。俺がまだ戦うのは無理なもんだから……」

オスカーは、まだ耳が聞こえていない。それに紫の貴婦人も完治とはほど遠い。今の状態で、紫の貴婦人がオスカーを乗せて飛ぶことはできないと、青の竜が止めていると聞いている。

そうなれば、残るのはヒューバードとマクシム、そしてジミーしかいない。

だが、ジミーは元々平民出身で、武器戦闘を学びはじめたのは竜騎士になってからであり、地上と空中の二カ所での戦闘を学ぶところまで来ていないらしい。今はまだ戦闘行為は許可が出ていないため、こういった知らない場所に飛ぶような任務はまだ許可されていないのだ。

「いや、お前は守るのに特化してるだけだろう。だからこそ、緑の篭手《こて》はお前を選んだんだ。護衛としてなら問題ない、オスカーの守りは任せた」

メリッサは、その会話を夕刻の竜達の帰還を見送りながら聞いていた。

「ヒューバード様、今からお出かけですか？」

「ああ、そうなる。すまないが、家のことは任せる」

ヒューバードがそっと抱きしめてそう告げたのを横で見ていたマクシムが、どこか申し訳なさそうにメリッサに話しかけた。

「……本当は、ヒューバードも危険が予想される場所に連れ出すのはあまりやりたくないんだが……すまない、メリッサ」

竜騎士達は、青の竜から、辺境伯家にただ一人となってしまった初代の血を受け継ぐヒューバードを守りたいと伝えられた言葉を知っている。

困ったような表情で頬を掻《か》くマクシムに、メリッサは首を振った。

「ヒューバード様は、自分がやれることがあるのに、自分が守られるためにそれを止められてしまうくらいなら、率先して飛んでいく人だと思います」

ヒューバードは、白の女王の騎士として、ひたすら鍛錬を繰り返した。白の女王にふさわしい騎士になるために。白の女王の騎士として、その背を預けてもらえるにふさわしい騎士となるために。ただひたすらに、どんなことがあっても鍛錬を休むことをしなかった人だ。

おかげで今、ヒューバードは、空にあってもどんな飛び方をしていても、不安を感じることもない強さを誇る騎士となった。

にっこり笑ってメリッサは、ヒューバードを見ながらきっぱり言い切った。

「どうか、無事に夫とともにここに帰ってきてください。ここの守りは、どうぞ残る私達にお任せください」

それこそが、メリッサの役目だ。

竜達を待ち、ヒューバードを待つ。ただ信じて、必ず帰ってくるのを信じて待つ。

ヒューバードの日々の鍛錬を信じ、白の女王との絆《きずな》を信じ、メリッサは待っていればいい。

にっこりと笑顔で送り出そうとするメリッサを抱きしめ、口づけたヒューバードは、早速出立のための準備を始めた。マクシムとともにあっという間に飛び立った二騎の姿は、キヌートの方角へとためらうことなく向かい、姿を消したのだった。


ヒューバード達がキヌートに向かったのは、カーライルが預かってきた紹介状に地図が同封されていたからだった。

その地図には、道などは書かれていない、山岳地帯のどのあたりに集落があるのかを示した地図だった。その地図には、だいたいの目印と向かう方角、そして注意点が書かれているが、地上に目印があるわけではない。そのため、ひとまず地図に書かれていた大体の目印だけを目指して飛んで行く。

ヒューバードとマクシムが、日が沈もうという夕刻に急ぎ飛んできた理由は、この時間帯の空が最も飛んでいる竜達の姿が見えなくなる時間帯だからだ。

仮想敵となったノヴレーの軍が、山脈のどこを道として使っているのかわからない以上、このあたりの山が険しく人が入れないと言われていても、注意するに越したことはない。

夕日で空が赤く染まり、空を飛ぶ白の女王もその赤に染まった頃、小さな集落を山の間に発見した。

なんとか夜に間に合い、外出していた住人達が慌てて家に入っていく寸前に、ヒューバードとマクシムはその集落の広場らしき場所へと降りたのである。

その集落の人々は、空を飛ぶ竜の姿を見て、すぐさま子供達を家の中へと避難させた。大人達は皆、自宅の扉前で立ち塞《ふさ》がり、厳しい眼差しを二人に向けている。

その中で一番若く見える青年が二人の前に立ち塞がり、声を上げた。

「我らは風羽の一族。我が名はトト。竜に認められた方々よ、なに用か」

その名乗りは、キヌートの少し古い言葉でおこなわれた。なぜここでキヌートの言語なのかと思いはしたが、素直にそれに合わせてヒューバードもキヌートで使われる言語で名乗りをおこなった。

「私はイヴァルト王国の辺境伯領を治めるヒューバード・ウィングリフ。トルーガ山脈に存在する遺跡について尋ねたいことがあり、風羽の一族の客分である、キヌート王国のノエラ・メルロー博士にお目にかかりたい」

ヒューバードが、目の前の青年が名乗ったのとできるだけ似たような調子と声量で名乗りと要件を告げると、その青年の背後にある小屋の中から、初老の小柄な女性が姿を現した。

「私が、ご指名のノエラ・メルローですわ。どのようなご用件でしょうか」

彼女は、山岳の民と同じく、日に焼けた真っ黒な肌をしていた。元は何色だったのかはわからないが、白髪交じりになった所々輝く頭髪を綺麗《きれい》に結い上げ、この集落のみんなが着ている、黄色い生地に白と赤と茶色の糸で入れられた鳥の刺繍《ししゅう》が入った衣服を身につけている。

先に名乗りを聞いていなければ、この集落の女性だと思ってしまっただろう。

「……ロガロ山の山頂付近にある遺跡について、少々お尋ねしたいことがあります。お話を伺っても？」

そう質問すると、すぐさま彼女ははいはいと頷いた。

「お心当たりが？」

「ええ、ありますよ。私がこの地に来て、三番目くらいに調べた遺跡かしら。あそこは現地に向かうだけで苦労しましてね。女性には無理だと散々止められましたけど、ここの一族の方に認めてもらって、案内してもらいましたの。私が夫と出会うきっかけとなった遺跡ですわ。懐かしい」

ニコニコと笑いながら説明をはじめた女性に、背後から若い女性が袖《そで》を引き、耳打ちをした。

「ああ、そうね。どうぞ、狭いところですが、中へお入りくださいな。風羽のトト。私は客人を迎え入れます。竜の着陸許可を」

それを聞いた最初に名乗りを上げた青年は、頷いて立ち去った。

「どうぞ、竜達もこの狭い場所で申し訳ないけれど、降りるように伝えてください。ここはめったに客人も訪れませんし、村の人たちは久しく外の方と会話をしたこともなくて。きっとあの子も驚いたのでしょうね。失礼はありませんでしたか？」

「もちろんです。礼儀正しく名乗っていただきました」

誘われた室内に入ると、絨毯《じゅうたん》敷きで、この集落の衣装と同じ模様が織り込まれたタペストリーで壁一面が完全に覆われていた。

「この家も、長く使っているから隙間《すきま》風がひどくて。私達は慣れていますけれど、寒くないかしら。すぐにお茶を入れますね」

「ありがとうございます」

そうして、博士と女性の二人が入れてくれたのは、バターが大量に入ったバター茶だった。

どうやらこのあたりは、一年中寒さの厳しい土地で、脂肪分の多いお茶で体を温める習慣があるらしい。甘さとこってりとした山羊《やぎ》の乳で作られたバターのお茶は、独特の香味で若干の香辛料も入っているらしく、確かに体が温まる。

「竜騎士の方々をここでお迎えできるとは、思っていませんでしたわ。私も国を離れてここに来てから、竜を見たのははじめてかもしれません」

どうやらこのメルロー博士は、キヌート出身であるが、父親が元々していた研究を引き継ぎ、学籍だけキヌートにあるまま、長年ここで腰を据えて研究を続けているらしい。

「私は夫もこちらの人でしてね。この子は私の孫ですの」

先ほどから部屋の隅に控えていた女性がぺこりと頭を下げるのに合わせて竜騎士二人も軽く会釈で返事をすると、早速とばかりにヒューバードは書類を目の前に差し出した。

「ロガロの、空の玉座かしら。この玉座には碑文が二種類ありましてね。一枚は、翼を奪うという呪いの碑文が。もう一枚は、竜との生涯の和睦《わぼく》を訴えるというものでした」

「翼を奪う？」

「ええ。空を飛ぶものの翼を奪う、そう書かれていましたよ。もっとも、肝心の鍵の役割を果たす部品がすでに取り外されていたので、その遺跡は稼働させることができなくなっていました」

メルロー博士は、あっさりとそう説明したのち、孫だという助手の女性に冊子を持ってくるように命じた。

「これは、もうひとつの和睦の碑文に理由が書かれていたのですけどね、竜達はここをねぐらとしていたのだけど、別の場所に新たなねぐらを作ることになったため、ここに敵対的な碑文の破棄を宣言し、互いへの不可侵の誓いへとなす、と書かれているんです。ですから元々の碑文の鍵は、竜達に返却したのではないかと言われています。この手の鍵はどれも竜達の遺骸が使われているため、それが敵対のもとだと言われていますから」

「……魔法言語でですか？」

「いいえ。古代語の一種ですが、魔法言語とは別の、日常の読み書きで使っていた公用文字ですね。ですから、少し歴史をかじった方なら読めますよ。魔法言語は、呪文言語と呼ばれていましてね。ただ読むだけで、魔力を持っていると魔法が発動できてしまうんだそうです。今回の碑文については、一枚目の碑文は魔法言語で書かれており、二枚目の和睦の碑文は、古代の日常言語で書かれていました」

博士から渡されたその冊子は、ロガロ遺跡の調査書だった。内部構造から罠《わな》の位置、罠の種類、さらには各部屋の仕掛けや特徴などを事細かく図解付きで書かれている。

それによれば、その遺跡の入り口は東側の斜面の中腹にあり、入り口は岩で隠されていたという。

「調査後に、機能をなくした遺跡だとわかりましたので、その旨をお伝えした上で一族の方々にお返しいたしました」

「お返し、ということは、誰か管理する方がいらしたということでしょうか？」

「ええ。私達は風羽の一族ともうしますけど、あの遺跡は地の牙《きば》の一族という、山岳民族のうちでも祭祀《さいし》を取り扱う一族が預かる遺跡なのです」

ヒューバードとマクシムは、互いの顔を見合わせ、メルロー博士に尋ねた。

「現在、その遺跡は山岳民族以外の人々が使用している気配がありますが、調査などのようなご予定はありましたか」

それを聞いたメルロー博士は、驚いたように目を見張り、孫娘に視線を向けた。

何やら早口で互いに何かを確認するようにしばらく会話すると、すぐに孫娘は外へと駆けて行く。

「すみませんが、今しばらくお待ちいただけますか？　おそらく明日の朝には地の牙の方々に連絡がつきますから。今日は宿泊できる場所を用意しますので、どうぞ泊まっていってください」

メルロー博士は、毅然《きぜん》とした態度で二人に告げた。

どうやら、遺跡の付近に山岳民族以外の人がいたというのは彼らにとってはあり得ないことだったらしい。

それは例えば一族の誰かが他の一族の許可もなく招き入れたのだとすれば、他の一族の代表が集まった席で裁判し、裁きが下されるだろうくらいの、あり得ない大罪なのだという。

「調査をするにしても、どこかの一族に属していないと許されないのです。だからこそ、ここを調べるために、私と父も風羽の一族に迎え入れられたのです。山の遺跡に入るのに、一族の正装をすることなく中に入ることは許されません。もし地の牙の一族が、あそこに一族以外の者を招き入れていたとすれば、それは他の一族をも侮辱する行為に他なりません」

どうやら、ロガロ遺跡は、このトルーガ山脈の中にある遺跡群の中でも特別で神聖なものらしい。ヒューバードとマクシムは、互いの顔を見合わせながら、素直に博士の申し入れを受け入れ、ここで宿泊することにした。


「……まずいな」

ヒューバードは、今日の宿泊場所となった空き家で、開けた窓から竜達に代わる代わるのぞき込まれながら、マクシムとともに用意された寝台に腰を下ろし、明日以降の予定についての相談をしていた。

「あの博士の言葉を借りるなら、一族でなければあの遺跡の中には入れない。ということは、俺達も入ることはできない、ということだろう。どうするんだ、ヒューバード」

マクシムの焦りようは、ヒューバードももちろん理解できる。

あの場所に本当に竜の遺骸が使われているのか。使われたのだとしたら、それは本当に探し求めている紫の遺骸なのか。そして一番重要なのは、たとえどんな竜の遺骸だとしても、回収は可能なのか。

「俺達が中に入れないってことは、あの一族とやらに中から取ってきてもらうってのは可能だろうか」

マクシムがそうつぶやくと、ヒューバードもそれしか方法がないことはわかっていると頷く。

「ただ、彼らにとって竜の遺骸がどういう存在なのかの確認ができていないからな。それは竜達には亡くなった一族そのものであり、そのままだと弔いができないので取り返そうとしているのだとそう正直に話してみるしかないだろう」

ヒューバードは、あの毅然とした女性があっさりと告げた内容を思い起こして頷いた。

「それに、博士の言葉を思い返せば、博士は竜の遺骸について必要とは言っていなかった。ということは、特に遺跡が起動しているかどうかに関してはこだわっていないのかもしれないとも思うんだ」

そもそも博士は、動かないことを確認しても、直して動かそうなどと考えていなかったように思った。動かなくなった遺跡はそのままに、保存しておくことだけに注力しているように感じたのだ。それなら逆に、話はしやすいのではないかと思うのだ。

過去、どのような状態で正式に稼働していたのかはわからないが、少なくともそれは、竜の前足を直接使用しなければならないような道具ではないだろう。

「とにかく明日、訴えてみるしかないだろう。俺達は遺跡を荒らしに来たわけじゃない。その遺跡に使われたとおぼしき、竜の遺骸を引き取りに来ただけだと」

そうしてヒューバードとマクシムは、遺跡の調査についての話を聞きに来た場所で足止めをくらい、帰ることなく翌日を迎えたのだった。

翌朝、驚いたことにヒューバードとマクシムは、夜明けとともに竜達に起こされることになった。

どうやら村の外に客人が到着しているらしく、彼らの話を聞くために二人は揃って今度はこの里の族長の家に招待された。

二人の前に、真っ黒の狼《おおかみ》の毛皮をマントのように背負った青年がいた。しなやかなその肉体は野生動物の、それこそ彼が背中に背負う黒狼を思わせた。この一族は、伝統的な衣装の上に、それぞれ自分が狩った獣の毛皮をかぶる風習らしく、他にも鹿や猪《いのしし》、灰色の狼など、みんなそれぞれ別の毛皮を身につけた五人ほどが、広い風羽の族長の家に上がり込み、ヒューバード達に厳しい視線を向けている。

「私は地の牙の一族の族長で、名はムロと申します」

その野性的な風貌《ふうぼう》からは信じられないほど流暢《りゅうちょう》な言語がその口から出てきて、ヒューバードはわずかに驚きを覚えた。

「竜に認められた方々にお伺いしたいことがあり、参上しました。我らが聖域に人の気配があったとのことですが、それはいつ頃のことか。お話しいただきたい」

ヒューバードとマクシムは、一瞬視線を交わし、オスカーが攻撃を受けたその日のことについて、嘘偽りなく伝えることにした。

「……そんなわけで、私どもが見たわけではありませんが、紫の竜の一頭とその騎士が、その人影を見た当日に理由不明の攻撃を受け、地に伏せました。この件について調べたく、こちらにお住まいのメルロー博士を訪ねてきたのです」

それを聞いた瞬間から、地の牙の一族達はそれぞれ何か言いたげに族長であるムロの顔を見つめていた。

ムロは、険しい表情で目を閉じ、しばし沈黙したあと、姿勢を正してヒューバード達に静かに頭を下げた。

相対していたヒューバードは驚きはしたが、周囲の地の牙の一族の様子を見て、話の続きを促す。

「竜に認められた方々。かつて交わされた一族と青の竜との誓約が破られたとのこと。まずはその件をお詫《わ》びいたします。申し訳ありませんでした」

その言葉を聞き、ヒューバードは静かに尋ねた。

「つまりあなた方は、この地にいたという、魔法使い達の末裔《まつえい》、ということでしょうか？」

「その通りです。しかし、今はもうこの地にいても魔法が使える者は存在しません。我らはただ、先祖から伝えられた遺跡を粛々と守護し、人々と竜達の安寧を祈る生活を長年繰り返してまいりました」

そうしてムロは、竜達と自分達一族の約束と言われる口伝を述べたのである。

「我々と竜達の争いにより、この地は嘆きに満たされた。あるとき青の竜からそれを伝えられ我ら一族はこの地の嘆きを収めるために、あの山頂に誓いの言葉を彫りつけ、あの場所を封印して生涯それを守り、再び竜と諍《いさか》いが起こることがないよう、一族すべてが生涯掛けて見守ることを誓った。……そう伝えられてまいりました」

「……あなたが、先ほどの私の話から即座に謝罪の言葉を発したのは、なぜです？　私は、その理由は不明だと伝えたはずですが」

それを聞いたムロは、再び申し訳ないと一言謝罪し、続きを話しはじめた。

「我が一族には、先ほどの口伝と同じく、竜の狩り方についての口伝もあるのです。ですがこちらは近年まで、それは不可能だろうと言われていました」

「近年まで、ということは、今は違うと？」

「はい。他でもない、メルロー博士によって、その謎《なぞ》の部分が解明しましたので」

今までの話の内容を合わせ、二人の竜騎士は、すぐさま理解した。

「竜を地に伏せさせる。これか」

「はい。我らには魔法は使えません。ロガロの山よりなお空高く舞う竜を、地に降ろすことなどできないと。その部分は、魔法を使うのだろうと言われていたのですが……まさか遺跡にそんな力があるなど、思ってもいませんでした」

長い時間で、遺跡の詳細は失われ、それでも口伝でひたすら青の竜との約束を守り続けていてくれたのだろう。

「今、竜にその力が向けられたことは、我らの誓いが破られた証でもある。まず、その点を、竜に認められた方々並びに、竜達にお詫びいたします。その上でお教え願いたい。我らの遺跡を穢《けが》し、竜達に牙を剥《む》いた愚か者について、手がかりはありませんか」

真剣な謝罪とともに告げられた内容に、ヒューバードとマクシムは思わず顔を見合わせた。

お互い、聞きたいことはひとつだ。

「ひとつ聞きたいんだが。その正体を知ったとして、どうするんだ？」

マクシムがそう問いかけると、ヒューバードも問いかけた。

「あなた方を侮辱するつもりはないが、遺跡の詳細を相手に伝えたものがいると思われる。その場合、一番可能性が高いのは山岳民族の誰かだと思うんだが……」

二人の疑問は、目の前の青年をそしてその一族を侮辱するに等しい言葉だったが、あっさり頷きムロは答えた。

「もちろん、我らの掟《おきて》に従い、処断いたします。それはたとえ我らの一族であろうが別の一族であろうが変わりありません。……誰一人、逃しません」

その断言とためらいのない静かな声に、その覚悟が見えた気がした。

それを聞き、もう一つ重要なことをこの族長に話すことを決断した。

「あなた方の口伝には、竜達の遺骸について、何か伝えられているだろうか」

「……はい。竜達はその遺骸を大切に弔うのだと。だからこそ、この山稜で眠ったままだった遺骸もすべて今のねぐらへと運んでいったと伝えられています。ここに置いたままだと、いつまでもここの嘆きは終わらないからと」

ヒューバードとマクシムは、目の前にいる地の牙の一族の覚悟を知り、互いに視線を合わせ、頷いた。

「それを知っていてくれたなら、ありがたい。今、ロガロの遺跡の中に、紫の竜の遺骸が収められているらしいんです」

次の瞬間、明らかな顔色の変化が、山岳民族の全員に表れた。ヒューバード達に相対していた地の牙だけではなく、場所を提供した風羽の族長も、腰を浮かべている。

「地の牙よ、一刻も早く遺跡から侵入者を取り除かねば！」

「わかっている、風羽。……もしやあなた方は、竜達から請われて、それを取りにいらしたのか？」

ヒューバードは、それに頷いて答えた。

「その侵入者達が狙っているのは、竜達もですが我が国なのです。こちらの遺跡は、そのために利用されたのだと思われます。我が国の諍いに巻き込み、こちらの一族が身命を賭《と》して守る聖地を荒らしたことをお詫びします。私達は、青の竜の願いにより、その遺骸を探していました。どうかその遺骸を、我々に預けてもらえないでしょうか」

青の竜と口に出した瞬間、地の牙のムロが顔をしかめて硬直していた。

「……青の王竜に、地の牙が誓約を守りきることができず、申し訳なかったとお伝えください。この責は、地の牙のムロが負います。必ずや聖地は我が手で取り戻し、再び封印をいたします。そのあと、この首なり命なり、命じられたとおりに捧げます。ですからどうか、一族の責はお許しください」

悲壮な覚悟を秘めた表情のムロに、ヒューバードは一瞬だけ困ったように窓の外に視線を向け、頷いた。

「……地の牙のムロ。そこにいる白の竜は、私と絆を結んだ竜です。青の次に高位の竜であり、この地を統《す》べる竜です。その白から、あなたへ伝えたいことがあるようです」

ムロは、額を地に擦《こす》り付けるような姿勢のまま、びくりと体を揺らした。

「長年の祈り、この地の王として感謝する。空の玉座にはもはや嘆きの声はなし。……誓約に関しては、今解放されてしまったものを再び誰の手にも触れさせないよう再び封じてもらえれば、それでいいそうです。あなたが命を捧げる必要はないと。これは、青も同意見であるそうです」

そうヒューバードが伝えた瞬間、ムロは勢いよく顔を上げ、窓から様子を見ている白の女王に再び頭を下げた。

「必ずや、遺跡は封印いたします。慈悲深き竜の王に感謝いたします」

顔を上げた瞬間、ちらりと見えたその目には、涙がたまっていた。

その顔を見たヒューバードは、ふと、このムロの年齢が自分の想像よりも若いのではないかということに気がついた。

同年代だと思っていたが、もっと遥《はる》かに若い。せいぜいが二十そこそこくらいに見えたのだ。

それでも、一族を率いるものとしての覚悟をもって、自分の命までかけ、竜との約束を果たしてくれている者がいる。

青の王竜達が代々繋《つな》いだ、竜の守りはこんな場所にあったのだと、ヒューバードは安堵の表情で顔を上げ、早速遺跡を取り戻すための相談をはじめた彼らを見て、心強く感じていた。

ヒューバードとマクシムが、山岳民族の話を聞きに行った翌日。彼らが山岳民族の話し合いに参加していることが、竜達を通して伝えられた。

メリッサはその朝も、いつものように竜達におやつを配っていた。青の竜が最初なのはいつもの通りだが、今日は白の女王がいないため、少し早めに子竜達も集合している。

急ぎ子竜達に野菜を一かけずつ配り、そちらに注意をひきつけながら、昨日ヒューバード達に何があったのかを青の竜から聞いていた。

白の女王と緑の流星を経由して伝えられたそれは、山岳民族が自分達の味方につくことになったと知らせるものだった。

「どうやらノヴレーは、山岳民族の許可を取らず、あの山の遺跡を占拠しているようです」

緑の流星から篭手に伝えられた話では、そういうことだった。

「作戦としては、まず山岳民族の方達がノヴレーの軍を遺跡から追い出すので、それを捕縛してもらいたいとのことです。追い払う報酬として、現在遺跡に使われてしまった遺骸について、山岳民族が責任を持って遺跡から取り外し、返してくださるそうです」

昨日、日が暮れる前に辺境に帰ってきたダンは、ふんふんと連絡役を務めた緑の篭手を褒めてやりながら、頷いた。

「それくらいなら、俺《おれ》とマクシム、そしてヒューバードの三騎でも十分引き受けられる。たとえ軍といえど、場所は人の身には厳しい自然環境のロガロ山の山頂付近だ。そんなに人数はいないはずだし」

ダンはオスカーにそう告げると、ジミーにくれぐれもと言い置いた。

「絶対今のオスカーを飛ばすなよ」

「は、はい」

自分だけが護衛として残ることになったと慌てるジミーに、ダンはきっぱりと宣言した。

「今、あいつはまだ飛べる状態にないんだ。飛べないやつは空に上げない。竜がねだってもぐっと我慢。これは鉄則だ」

「は、はい！」

二人の会話に、オスカーがふてくされる。

「ひどいなお前達。私だって無理なのはちゃんと承知しているよ。自分の命をかけるだけじゃなく、貴婦人の翼もかかっているんだ。ちゃんと治癒するまでおとなしくしているさ」

「じゃあ、俺は支度があるんで。いいか、絶対に、飛ぶんじゃないぞ。もし姿を見せたら、次から専用の拘束具つけて貴婦人に捕まえとくように言うからな？」

その言い草に、これから戦闘だという緊迫した状況なのに思わずくすりと笑ってしまう。

「やっぱり、耳が聞こえない状態では、戦闘も飛行も無理なんですね」

メリッサのその感想に、貴婦人経由で言葉を聞いたらしいオスカーが簡潔に答えた。

「距離感が全く違うんだ」

「距離感、ですか？」

「ああ。例えばだが目の前で棒が振られる。すると風を切る音が聞こえ、棒で押し出された空気が肌にぶつかる。だが、今の私の場合、その音は自分の目の前ではなく、遥か高みから音を聞いているような、そんな不思議な状態になる」

メリッサは、その話でなんとなくだか理解した。

「それはなんというか……たしかに、音の大きさや遠さって、そう考えてみるととても重要なんですね。考えたこともありませんでした……」

メリッサは、オスカーの現状がいかに大変なことか、真実わかっていなかったのだ。読唇術で会話を補い、音自体は全く違う場所にいる紫の貴婦人が補う。その状態について、異常を感じさせないだけでも、オスカーがいかに優秀であるかがわかる。

「オスカー様、無理はなさらないでくださいね」

メリッサが心配のあまりそう声を掛ければ、オスカーは笑って肩をすくめた。

「無理などひとつもしていない。むしろ今、仕事がないため、私は常時休業中のようなものだ」

「でも……いつ元に戻るか、不安ではありませんか。人は、心の疲労も体調に影響しますから」

それを聞いたオスカーは、ただ微笑みメリッサの頭を撫でた。

「大丈夫だよ。気遣ってくれてありがとう」

ただ笑いながら頭を撫で続けるオスカーに、なにも言うことなくその手を受け入れていたメリッサの前に、なぜか青の竜が歩み寄った。

「青、どうしたの？」

青の竜は、メリッサに甘えるようにしばらくスリスリとすり寄ったかと思ったら、衝撃的なことを告げた。

ンギャウ、グルル、ンギャーウ
『僕もヒューバードのところに行ってくる』

「青!?」

突然告げられた内容に、メリッサは思わず大きな声を上げてしまった。

ギャーウ。グルルルル

『メリッサが悲しむようなことにはならないよ。大丈夫』

笑みを浮かべた青の竜に、なんと言っていいのかわからず口ごもる。そのメリッサの様子に、何事かわからずオスカーがメリッサの肩を叩《たた》き、説明を求めていた。

「青が……ヒューバード様を助けに行ってくれると」

「そうか。……メリッサ、頼んだ方がいい」

オスカーは、しばらく悩み、メリッサに告げた。

「もし、例の兵器が使われたら、白でも危険かもしれない。だが、青には効果がないかもしれない。むしろ、防御なら他のどの竜よりうまいはずだ。常日頃、すべての竜の守りに心を砕いているくらいだからな。つまり、青がいるだけで、全員の生存率が上がるんだ。頼めるなら、頼んだ方がいい」

その言葉を聞き、メリッサは覚悟を決めた。すぐさま屋敷に駆け込み、紙袋を持ってくると、それを青の竜が身につける胴具にくくりつける。

「すみません、オスカー様。青に胴具を着せるのを手伝ってください」

さすがに、騎士ではないメリッサには、一人で成体の竜に胴具を身につけさせるのは不可能だった。

「ありがとう、青。ヒューバード様と白をよろしくね。……帰ってくるまでに、たくさん白いお花を縫っておくからね」

ギュアァ!

オスカーは何も言わずに手伝ってくれて、メリッサが装備の中に騎士を一人、余分に連れて行けるほどの保存食を詰め込み、それを青の竜に装備させてやる。

「青、気をつけて! 危ないところには首を突っ込んじゃ駄目だからね! あくまで、あなたは守るために、ヒューバード様のところへ向かうんだからね!」

ギュアァァァ!

『わかったぁぁぁ!』

そうして、その叫びを聞いたメリッサが、風に煽《あお》られて目を閉じ、再び目を開けるわずかの時間で、青の竜はそのまま消えて行ったのだった。

ヒューバードの元に、ダンが合流したのはその日の昼過ぎだった。ダンと一緒に、青の竜も姿を現し、その瞬間一緒にいた地の牙の戦士達は一斉に跪《ひざまず》き、青の竜に頭を下げた。

そして地の牙の一族が文字通り彼らの大切なものを穢す一向に対し、牙が振るわれる姿を見学することになる。

戦闘は、静かにおこなわれた。

彼ら地の牙の戦士達は、音もなく忍び寄り、遺跡の中に入り込んだ人々を、丁寧に無力化して回った。そしてあるときは外に追いやり、それぞれを縄でまとめ上げる。

遺跡の中から、一人、また一人と追い立てられ、国を悟られないようにか、あえて特徴のない軍服を身につけた人々は、空から竜騎士と竜達がにらみつけているその状態に気づき、気がつけば武器も奪われ、反抗する気力もなさそうにその場に座り込んだ。

「この調子なら、早く終わりそうだ。安心した」

緑の尾羽から飛び降りたダンは、地の牙の一族との契約として、その一人一人を縛り上げた縄をまとめながら、安堵のため息をつく。

ダンが胸を撫で下ろそうとすると、何かにいらだったような声が周囲から聞こえてきた。

「どうしてイヴァルトの竜騎士がこんな場所まで……」

「イヴァルトはトルーガの境を超えることができないんじゃないのか？」

そのノヴレーの兵士の言いように、思わず噴き出した。

「お前達は、自分が日頃から言い続けている言葉を忘れたのか？　竜のいる空に国境はない。別に竜達は、いつだって自分の意思でトルーガの境を越えられる。ただ、地上の、人々の営みを守るためだけに、竜達は越えないでいてくれただけだ。お前達が約定を守らないなら、竜達も守らない。それだけのことだろう」

ダンがそう告げると、それに合わせるように、遺跡の中から今まさに出てきた人物が首をかしげて兵士に告げた。

「不思議なことを言う。あの境目を竜達が越えないのは、過去のこの場所に生きていた、魔法使いとの約束だ。竜ほど、約束を重視する生き物はいない」

そう最初に口に出したのは、地の牙の一族の一人だった。

「竜達は、約束を守った。その約束によりこの地を人に譲り、自分達は地の底へと降りていったが、それを竜達すべてで遂行してくれた。竜達はみずから約束を遵守することで人への信頼を示し、そしてこの地を去ることで無駄な戦闘をおこなわずに、人々を守ってくれた。その恩義を、我々は忘れてはならない」

その言葉とともに、地の牙の一族が板に乗せて外に運び出してきたのは、紫の遺骸。

「そちらが仰《おっしゃ》っていた紫の遺骸というのは、これのことだろうか？」

目の前に示されたのは、紫の鱗に覆われた、大きな竜の前足。それを、地の牙の一族達は淡々と示してくれた。

「それは我々のっ」

それを見て、ノヴレーのおそらく隊長と思われる階級章の男が暴れ出したが、男を拘束していたダンによって取り押さえられ、沈黙した。

「間違いありません。それを。お譲り願えますか」

竜騎士達の代表としてヒューバードも地上に降りると、地の牙のムロが進み出て、ヒューバードの前に紫の遺骸を差し出した。

「こちらはもとより、我らのものではない。どうぞお持ちください」

地の牙の一族である戦士の一人が、深々と頭を下げて遺骸を差し出すのを、青の竜が空中から見守っていた。

竜達は、ここの山頂には足を着けようとしなかった。青の竜をはじめとして、騎竜達も未《いま》だに過去にここにいた魔法使いと交わした約束を守ろうとしているらしい。

「青。もう、持って行っていいそうだ」

グギャーゥ
バサバサと羽ばたきながら、その場に滞空し続ける青の竜に、ヒューバードは問いかけた。

「自分達で運ぶか？」

青の竜の表情が、明らかに喜びに輝くのを見て、その場にいた竜騎士達も表情をほころばせる。

青の竜が前足でしっかりと遺骸をつかみ、空へと上がっていくのを見て、竜騎士達は青の竜との約束がやっと果たされたことを実感した。

ようやく取り戻した紫の竜の遺骸に、あるものの目には涙が浮かび、あるものはその喜びを雄叫びに込めたが、ヒューバードは一人、空を見上げて立っていた。いつか迎えるはずの青の竜の旅立ちが、いよいよ間近に迫ったことを実感し、立ち尽くしていたのだ。

第五章　別れは永遠の約束

ノヴレーの軍によって占拠されていたロガロの遺跡は無事に開放された。

その報告を聞き、メリッサは胸を撫《な》で下ろした。

青の竜も白の女王も無事らしく、メリッサは必死で作り上げた白い花に埋もれながら、ほんのわずかににじんだ涙を拭《ぬぐ》う。

「これで、ようやく紫の遺骸《いがい》がすべて揃《そろ》ったのね。これで、青は旅立つことができる。……青の竜が旅立つのを、ちゃんとお見送りしないと」

青の竜が、世界にあるねぐらを巡る旅に出なければならないのは、すでに国にも知らせてあった。

現在、青の竜の本拠地はイヴァルトにあり、王宮にも寝屋がちゃんと用意されていることは、他《ほか》の国に対しての何よりものけん制になっているということだ。だが、竜騎士の存在が大きいイヴァルトの力関係が、青の竜の旅立ちによって変わる可能性もある。

そのため、国にも青の旅立ちについては説明をしたのだが、報告はしてもそれに関して口出しは許されるものではない。人はただ黙って、青の竜を送り出すしかないのだ。

もう、すっかり旅立つための心づもりをしたはずなのに、まだ寂しい気持ちが強いからか、青の竜の願いで作っている花飾りの作業がなかなか進まない。

ノヴレーの後始末の対応に忙しいヒューバードの代わりに家の仕事をしながら、時間があれば庭に出て針仕事を続けるメリッサに、護衛をしているはずの竜騎士のダンが、一頭の子竜にすがりつかれながらメリッサに話しかけた。

「よく続くねぇ、メリッサ。もうそろそろ、大きな衣装箱に一杯になったんじゃないのか？」

「うん……でも、青のお願いは、たくさん、たくさん欲しい、ってことだったから、もっと作らないと」

真新しい真っ白の布を一巻きだして、それを小さな花びらに加工する。布に型紙代わりの木型を置いて、花びらの形に切り抜いた布を何枚も用意して、またせっせと針を動かす。

メリッサは、竜騎士達が常に庭にいる状況に、ようやく慣れはじめた気がした。

結局、ダンとマクシムとジミーは、そのまま継続して辺境に駐留ということになった。

現在、ヒューバードがノヴレーの軍についての問題を王都に行って報告などをしている間、青の竜の代理親であるメリッサが竜達だけに守られているというのは、国としても不安になったらしい。

このままなし崩し的に、隊の派遣、駐留ができるように工作するから任せろと、大変気が楽になるような文面のクライヴからの手紙がメリッサ宛で届いて知らせてくれたのである。

そのため、最近はまだ竜騎士になりたてのジミーや見習い竜騎士は、ヒューバードの少ない時間を利用したり竜に教えを請うだけではなく、実際竜騎士に訓練を見てもらえるようになった。

そんなわけで現在、マクシムはジミーの訓練がてら、辺境の見回りをしている。

そしてオスカーはというと……。

「よしよし。そんなに気に入ったのか、この木の鞠《まり》が」

キュアァ!!

子竜達に追いかけ回されながら木の枝と幹を一本分、贅沢《ぜいたく》に使って作った木の鞠を投げて遊んでいた。

この木の鞠は、代々竜騎士達に伝わる竜達の気晴らし用の玩具《がんぐ》である。ひとまず木が生えた森が傍《そば》にある場所でならどこででも作れるもので、ダンに作り方を教わったらしく、同じものを結局練習だと言って三つ作って差し入れたため、現在オスカーは子竜達に大人気になっていた。

すでに耳は復調しているらしいのだが、このまま青の竜の旅立ちまで居座らせてもらうと宣言し、その言葉通り、ここでのんびり時折訓練しながらも子竜達に遊んでもらいながら過ごしている。

先ほどオスカーが作って与えた木の鞠は、現在三頭の子竜達が遊びはじめており、噛《か》んだり頭突きしたり転がしたり、大変な人気となっていた。

元々使用目的が目的なので、大変壊れやすいものだが、この調子ならいくつでも作って差し入れてくれそうだった。

そんな中、子竜の竜騎士となった青年は、相変わらず親竜によって優しくも厳しく、見守られていた。

「いや、ちょっと待とう？　小さい君に俺が乗るわけにはいかないから。いや、そんな、無理やり背負わなくても……ってうあぁぁぁぁ～！」

今日《きょう》は子竜が競り勝ったらしく、足下をすくった騎士を背中に乗せて、得意げな表情で地面を走り回って遊んでいる。

「……あれは大丈夫なんですかね」

メリッサの近くに転がっていたダンは、走る子竜とその背中に無理やり乗せられ、背中が今にも地面に付きそうになっている騎士を見て、……おう、と大変遠くを見る眼差《まなざ》しをしながら一言だけ口にした。

「……まあ、子竜に足下を掬《すく》われ背中に乗せられるって、そりゃちょおおっと訓練が必要かな～とは思うが……子竜が楽しそうだから問題なしで」

基本、竜騎士は、竜には甘い。後輩には厳しくとも、竜にはとんでもなく甘いのだ。何をしていても、基本的に竜が怪我《けが》をせずに、楽しそうにしているなら、という理由で問題なしにしていることは、メリッサも早々に気がついていた。何せ竜騎士は全員、ヒューバードですら同じような反応なのだから、まあこれでいいかとメリッサも最近はのんきに見守っている。

だが、ヒューバードが子竜とその騎士の訓練を見られない時間も、親竜にだけ任せるのではなく、こうして正騎士がつきっきりで見ていられるようになり、竜達も喜んで受け入れてくれるようになった。

現在、庭では竜騎士四人（うち一人は傷病休暇）、そして見習い一人の計五人の竜騎士が、国より派遣されてそのまま残ることになったのである。

もちろん、オスカーに関しては王宮に帰ることになるだろうが、それ以外の人員は、全員がこちらに残ってくれることになったのだ。

これで、辺境に竜騎士が一人きりで、常に人手が足りない状況も解決したと言える。

着々と進められている青の竜の旅立ちの支度に、ただ一人メリッサだけが手が進まなくなっているのだ。

顔を見せた青の竜に、メリッサは声を掛けられ、はっと顔を上げた。

ギュアァ？

「青、あの、花なんだけど」

ギュアァ、グルルゥ

『まだ白も帰ってこないし、大丈夫だよ』

青の竜の言葉に、こっそり胸を撫で下ろしながら、メリッサは笑顔を見せた。

「そっか。まだまだたくさん作るわね。寝床がこれで埋まるくらい作れば、足りるかしら」

ギュア
それくらいあれば足りる。そう告げた青の竜ににっこり笑って、新しい材料を手に次の花に取りかかる。その手元をのぞき込みながら、尻尾《しっぽ》を振る青の竜を見て、こういうところは全く変わっていないのだなと、微笑《ほほえ》ましくて思わず笑みを浮かべてしまった。

「そういえば青、これ、白へのプレゼントにするのよね」

ギュア！

うれしそうな鳴き声を上げる青の竜の鼻先を撫でてやりながら、メリッサはふと気がついたことを尋ねた。

「いつも私が花をあげるときは、花冠にしてあげていたんだけど……これも花冠にする？」

ギュアァ
『それもいいなぁ』

うれしそうに笑う青の竜に、メリッサはじゃあ、と、花冠も作ることを伝えて、引き続き花を縫いはじめた。

「若奥様」

突然声を掛けられ、顔を上げると、衣装箱を持った侍女長のヘレンと裁縫担当の侍女達が、それぞれ白い布が入った籠《かご》を抱えて立っていた。

「追加の白い布を用立ててまいりました。私どももお手伝いしてよろしいでしょうか？」

屋敷の侍女達も、手が空き次第手伝いたいと、材料を持ってメリッサのところに来てくれたらしい。

「青。みんなもあなたをお祝いしたいって。手伝ってもらってもかまわない？」

ンギャゥ～

うれしそうな笑顔と、尻尾が動いている様子を見れば、竜の言葉がわからなくても今の青の竜が喜んで受け入れてくれたことはわかるのだろう。ほっとしたように微笑んだ侍女達にメリッサは素直に感謝を述べて、見本として花をひとつ預けた。

「ありがとう！　作り方はわかるかしら？」

「大丈夫ですわ。結婚式のときの若奥様が着けていた花冠は見せていただきましたから。お任せくださいな」

メリッサは、その言葉を聞いて笑顔が固まったまま顔が赤く染まっていた。

「あれはまだ作りはじめた頃《ころ》ので、縫い目もガタガタでっ……あ、これ、これを見本にしてもらえれば」

慌ててメリッサが、現在縫いたての花のひとつをそれぞれに手渡した。

それを受け取った侍女達は、それぞれが青の竜に礼をして、綺麗《きれい》な笑顔で胸を張る。

「青の竜に、若奥様の作ではないからとがっかりさせないよう、頑張りますわ」

侍女達は、メリッサが材料の白い布を買うために布を選んでいたときから、青の竜が白の女王へのプレゼントに白い花を求めているというのを聞いて知っている。その願いを叶《かな》えるために、メリッサがここ最近、少しずつ白い花を作っていたのもだ。

そのため、いよいよ許可が出て手伝えるとなれば、我も我もと手が空き次第、みんな庭に出てきて裁縫を始めた。少しでも手伝えればと、手が空いたものから庭に出てきては、庭の屋敷側のところで敷物を出して、さらにはいつしかお茶とお菓子を用意して、メリッサも含めて楽しく笑いながらそこでひたすら花を縫っていた。

そんな風景の中でも、もちろんこの場所は竜騎士となるべく尋ねてくるものを受け入れる。そのための場所なのだから当然だが、いつになく妙に平和な光景に、ここ最近は竜騎士希望者達もほのぼのとした表情で竜騎士達と顔を合わせていることが多い。

そしてそれが功を奏したのか、琥珀《こはく》の竜が二頭と緑の竜が一頭、合計三頭も見定めをはじめたという。見定めの期間は長いけれど、この調子でいけば今年は最多人数を竜騎士として受け入れられるかもしれないと竜騎士達も期待しているらしい。

メリッサがはじめてここに来ることになった頃、この庭には一頭の竜もいなくなっていた。

メリッサが来たときは、好奇心旺盛な竜達は『白の女王の友達で人間』を見るために庭まで来ていた。この冬を越えて春になれば、メリッサがここに来て三年目に突入する。

そしてたった三年でめまぐるしい変化を見せたこの場所から、もうすぐ青の竜がいなくなる。

この花作りのいいところは、慣れればなにも考えなくても作れてしまうことだ。

だが、それと同時に、延々考え込んでしまっても、手が普通に動くことになる。

もう竜騎士達の存在はこの辺境伯邸の日常になっているため、毎日の食事に関しても手配は終わっている。メリッサは安心して、ひたすら青の竜のことだけに注力していれば良かったのだ。

「……そういえば青。竜達の結婚の儀式って、どんなものなの？」

確か以前、白の女王は結婚するときは互いの鱗《うろこ》を交換して飲み込むのだと話していた。どんな儀式なんだろうとその当時も思った気がしたが、そういえば詳細を聞いていなかったことを思い出す。

一体どんな儀式なのか。どこでおこなわれるのか。

そもそも、そんな儀式があったとは義母にも聞いたことがない。

それなら、もしかしたらねぐらの底の、人が来ない場所でおこなうひっそりした儀式なのかもしれない。

ふわふわした儀式の幻想を思い起こしたメリッサだったが、実際の儀式はそんなふわふわの要素は一切ないことを、青の竜はあっさりと教えてくれた。

グギャーゥ！

『戦うんだよ！』


……ん？

今、結婚の儀式とは全く正反対の話を聞いた気がして、目を瞬《まばた》いてもう一度聞いてみる。

「青……竜達の結婚の儀式って……？」

グギャーゥ!!

『戦うよ!!』

ぽかんと口を開けたメリッサの表情に、メリッサを見ていた侍女達とダンがぎょっとした表情で目を見張った。

「ど、どうしたメリッサ？」

驚いた代表としてか、ダンが恐る恐るそう尋ねる。しかしメリッサはそれに答えず、改めて青の竜に質問した。

「た、戦う？　戦うの？　青と白が？」

ギャウ！

力強く頷《うなず》き、肯定した青の竜を見て、ダンもようやくメリッサの表情の意味がわかったらしい。

ああ、とため息交じりにつぶやき、詳細を教えてくれた。

「戦うって言うか……雌竜が、自分に卵を産ませることができる竜かを試すんだ」

ぽかんと口を開けたままだったメリッサの口元を、手を差し伸べて下から閉じたダンは、以前王宮であったというその竜同士のつがい選びの儀式について、教えてくれた。

「王宮でもたまにあってな。まあ、雌竜の好み次第なんだけどよ。うまい餌《えさ》をとって来いだとか、自分の好みの寝屋を作れだとか、自分より重い雄がいいとか。ただ、どんな内容であっても、選ぶのは卵を産む雌であって、雄ではないってところが共通はしているな……」

「……はぁ」

「で、青の竜はさっきから、戦うって言ってんのか？」

メリッサはその問いかけに、ただ頷いた。

「てことは、もう条件は示されてるってことだなぁ。白の女王の条件は、自分より強い雄、ってとこか？」

ンギャ！

「……違う、そうですが」

「ん？　じゃあ、どんな条件なんだ？」

二人が延々話し込んでいるうちに、オスカーも交じって話を聞きはじめ、結果三人で首をかしげた。

ウギャウ、ンギャウ
メリッサは、その条件を聞いて、固まるしかできなかった。

「メリッサ、青はなんて言ってるんだ？」

「……『ヒューバードより強いこと』？　って言ってます」

メリッサは、呆然《ぼうぜん》と青の竜が語った通りに繰り返し、それを聞いた他の二人も固まった。

「……いや、いやいやいや、女王様、何言ってんの？」

「いくら何でも、青なら戦わずともヒューバードより強いだろう？」

「あれ、ということは、青が戦う相手って、ヒューバードなのか？」

ンギャ！

違うらしい。戦う相手は、完全に白の女王らしい。

三人は揃って狐《きつね》につままれた表情で固まり、それから心配した侍女達からお茶休憩を提案されてようやく再び動き出したのである。

「……一応、いざ貴婦人のときの参考にと話を聞いていたわけだが……謎《なぞ》かけか何かかな？」

オスカーは、聞いてしまった内容に、目元を押さえながらそうつぶやいた。

確かに、謎かけのようだ。

白の女王の結婚条件は、ヒューバードより強い雄。

だが、戦う相手は白の女王であり、ヒューバードではないらしい。

「……ど、どちらにせよ、白の女王と青が戦うことに変わりないんですね？」

そうなれば、心配はつきない。

できるなら、二頭で怪我をするような激しい戦いは控えて欲しいが、竜達の自然な営みだとすれば、それを止めることなど無粋でしかない。

メリッサはその日から、いつその戦いがおこなわれるのかを、緊張しながら待つことになった。


「ただいま、メリッサ」

「お、お帰りなさい、あなた……」

ようやく王都での長い仕事が終わり、ヒューバードが帰ってきたのだが、メリッサは微妙に引きつった笑顔で出迎えてしまった。痛恨の失敗である。

「……どうした？　何かあったのか？」

当然のことながらヒューバードに心配をかけてしまった。

しかし、白の女王と青の竜が揃ってしまうと、いつ戦いが始まってしまうのか心配でしょうがない。

「メリッサ？」

メリッサが悩んで固まっている間に、ひょいと抱き上げられて、気づいたら間近にヒューバードの顔があった。

心配そうな、苦悩に満ちた表情で、切ない声で名前を呼ばれ、羞恥《しゅうち》と照れと困惑と申し訳なさが同時にメリッサの中に湧《わ》き上がる。

結局その状態で問い詰められ、気がつけばソファに腰を下ろしたヒューバードが、膝の上にメリッサを乗せて、切ない眼差しを向けている状況になっており、メリッサはあっさりと、なぜ笑顔が緊張で凍り付いていたのかを説明することになっていた。

「……青と白が戦う？」

「はい……」

ヒューバードもその話は初耳だったのか、驚きの表情でメリッサを見つめると、そのまま庭に視線を向けた。

おそらく白の女王に話を聞いているのだろう。それからすぐ、なぜか眉根《まゆね》を寄せてヒューバードも固まってしまった。

「あの、一体どういう話になっているんでしょう？　いつ頃、二頭は戦うんですか？」

気が急《せ》いて、思わずすがりつくように問いかけたところ、若干困惑したような表情でヒューバードは答えてくれた。

「……どうやら、私が乗った状態で、青と簡単な試合をしたい、らしい」

簡単な試合、というものがどういったものかわからなくて首をかしげていたが、どうやらヒューバードもそのあたりのことはわからないらしい。

「いつ頃なのかは……空が綺麗な日、だそうだ」

「それは実質……日付はわからないのでは」

この辺境は、いつでも空は晴れ渡り、雲も雨期以外はほとんどできない。

「……白、あなたにとって、綺麗な空ってどんな空？」

窓の外、近くで寝ていた白の女王にメリッサがそう問いかけると、白の女王は首を上げ、空を見上げた。

「……空が青の色になったとき、だそうだ」

メリッサは窓越しの空に目を向けた。そこに広がっているのは、いつもの辺境の空。青の竜の色そのものだとよく言われる、抜けるような深い青空だ。

「……とりあえずわかったのは、白は青が大好き、ということでしょうか？」

おそらく、空が青の色になったときとは、白の女王の感性のみで決められる日付なのだろう。

せめて自分が見守れるように、予告だけはして欲しいとメリッサは白の女王にこっそりお祈りしておいた。

そしてその日は、案外あっけなく訪れた。

朝、目が覚めたとき、白の女王がヒューバードに告げたのだという。

「今日、竜騎士の正装で、庭で待っていて欲しいそうだ」

朝、目が覚めたら夫も同時に目覚めており、その瞬間告げられたのが以上のことだった。

「メリッサ、支度を頼んでもいいか？」

「は、はい。えと、竜騎士の鎧《よろい》でしょうか？」

「ああ。頼む」

まだ寝間着のままのメリッサは、部屋を出て行くヒューバードを見送り、起き上がって簡単に上にガウンを羽織ると、すぐさま侍女を呼んだ。

姿を見せたのは、侍女長のヘレンだった。

「おはようございます、若奥様」

ヘレンは、洗顔の道具を載せたワゴンを押して部屋へ姿を見せた。

「おはよう。いつも早くから、ありがとう。今日もよろしくね」

手際良く支度を整え、メリッサの今日のワンピースを出して、すぐに着替えられるようにトルソーに支度をしたあと、ヘレンは部屋を出て行こうとした。

「ヘレン。ヒューバード様の竜騎士の正装はすぐに出せる？」

「ええ、出せますわ。ハリーに伝えておきます」

その後、すぐにヘレンが鎧をワゴンに載せて帰ってきた。手入れなどは間違いなくやってくれているはずなので、メリッサは運ばれてきた鎧が磨かれているか、装着用の革紐《かわひも》やベルトに傷みはないかなどを一つ一つ調べていく。

「若奥様。つかぬ事をお伺いいたしますが……何が起こっているのでしょう？」

ヘレンが恐る恐る尋ねる。メリッサは重要なことを伝えるのを忘れていたらしい。

「今日、庭で青と白が、結婚の儀式をやるそうなの。それでなぜか、白からヒューバード様に、竜騎士の正装で待っていて欲しいと言われたそうで……」

それを最後まで告げる前に、ヘレンの顔色はどんどん悪くなり、最後まで伝える前に、ちょっと失礼しますと素早く部屋を出て行った。

その慌てぶりに、何があったかと思ったメリッサは、ひとまずヒューバードの鎧の確認を終えたその直後にハリーが部屋に飛び込んできたことで驚き硬直した。

普段は何があっても余裕の表情である人が、顔色も青く表情も無に等しい状態で駆け込んでくるとは思わなかったのだ。

「若奥様。大変失礼に存じますが、白の女王と青の竜の、儀式の内容はご存じでしょうか？」

声は慌てているのに、表情は真《ま》っ青《さお》なままで笑みが消えているのは、かなり恐ろしい状態だ。

あとで気がついたのだが、よく考えたら辺境伯家の人々は、竜の事情にはとても慣れている。

当然、結婚の儀式なども何度でも見たことがあってもおかしくはないのだ。

おそらくは義兄の紫の明星も、青の卵を産む前に儀式をやっていたはずだし、生前の義父や歴代の当主だって、その騎竜達がその儀式をここでやっていたかもしれないのだ。

「ええと、ヒューバード様を乗せた白と、青が、簡単な試合をするそうデス……」

どんどんハリーの顔色が悪くなり、メリッサの言葉尻もしぼんでくる。

「試合、ですか？　ヒューバード様を乗せたまま？」

「あの、でも、試合なら試合で、ルールを決めるつもりなんじゃないでしょうか⁉」

メリッサが慌ててそう告げたら、ハリーはぴたりと息も止めたように硬直し、ゆっくりと視線をメリッサに向けた。

「あの、あの、試合とは、ルールを定め、その中で勝敗を決する、そういうものではないかと思うのです。真剣とか、そういうものではなく、規則を作り、それを守ることでその中で勝敗を決するものです。白は、ヒューバード様が幼いときから一緒にいた竜ですから、そういう配慮もしてくれると思い……マス……ヨ？」

メリッサは、目を見開いたハリーに思わず腰が引けていた。

ハリーはなぜか、メリッサの手を握り、押し頂きながら、声を震わせる。

「若奥様……何卒《なにとぞ》……何卒、怪我や命の危険がないようにとの規則にしていただけるよう、白の女王と青の竜にお伝えくださいい……」

「そ、それは当たり前なのでは……？」

思わずメリッサはそう告げたが、残念ながらハリーは静かに首を振った。

「以前、騎士に成り立ての時代に竜を怒らせ、これは試合だからと散々竜達につつき回される空の旅を経験させられた方がいらっしゃいます。そのルールでは、落とさなければよしとされておりまして、羽や尻尾で打ち上げられたとも聞きました」

それは一体何の試合なのだろうかと、メリッサも血の気が引く思いがした。

ハリーは、メリッサの顔色まで悪くなりはじめたことも気にせず、必死で言い募る。

「ルールは、人の生活を多少知っている程度の竜に決めさせず、人に……いえ、白の女王も青の竜も、きっと若奥様のご提示くださったルールなら、ご配慮いただけるかと思います。ぜひ、ぜひよろしくお願いいたします」

「は、はい……頑張ります」

こくこく頷きながらそう宣言したメリッサは、なぜかそののち屋敷の外に出るまで、すれ違うたびに使用人達に拝まれるようにお願いしますと言われ続けた。

庭には、すでに正装のヒューバードが待っていた。鎧を用意し、その装着を手伝ったメリッサは、先ほどハリーにお願いされた件を叶えるため、空を見つめた。

「……青と白は、まだですか」

「もう来る。こちらの支度が整ったと伝えたから」

ヒューバードは、平然としてそう答える。その様子を見て、メリッサは質問した。

「今日の試合は、禁止事項はありますか？」

「一応、私が三日仕事ができないほどの怪我をさせたら青の失敗ということになっているな」

メリッサは、その条件を聞いて、しばし悩んだ。

「……具体的にそのお怪我の程度は」

「手の場合は捻挫《ねんざ》も駄目だな、足だと骨折くらいは可」

「駄目です」

くらいとはなんだ。そう思ったメリッサは、その条件を一瞬で却下した。

「血を見せない。怪我は打ち身まで。この条件でお願いします」

「その条件だと、尻尾も使えないだろうから、青が不利になるかもしれないが……」

「青はやればできる、そう信じてます！」

メリッサが雄々しくそう宣言した瞬間、空から青の竜と白の女王が降りてきた。それはまるで、一対のように同時に同じ速度で降りてくる。その姿がとても神秘的で、メリッサはしみじみと、青の竜の成長を感じていた。

グルル
白の女王がヒューバードを促しながら、いつもの作業とばかりに手慣れた様子で胴具を着けると、あっという間にその背に乗り込んだ。

「青、白。条件は先に伝えておく。私が乗る条件は、私の血を見せない、怪我は打ち身まで、だ」

二頭はそれを聞き、力強く雄叫《おたけ》びを上げた。

「それじゃあ、行ってくる」

笑顔のヒューバードは、そのまま空へと舞い上がった。

地上では、竜騎士と見習い、そして現在見定め中の候補者達が並んで、空を見上げていた。

「見習い、それからジミー。しっかり見とけ。白の女王がどんな無茶をしても、絶対落ちない男の姿」

ダンがそう言うと、マクシムもそれに追従した。

「いいか、見ても絶対真似《まね》するなよ。あれは本気で、真似をしたら死ぬやつだ」

空を見ながらしみじみそう告げた二人に、その場にいたのに名前の挙がらなかったオスカーが尋ねた。

「……私は真似してもいいのか？」

「お前は見たことあるだろうが」

「戦場で、あいつを散々陽動作戦で使ってただろうが。そんなことできるやつなら、あれがあいつにしかできないことだって嫌ってほどわかってるだろ？」

ダンとマクシムにほぼ同時に突っ込まれ、さりげなく目をそらしたオスカーだったが、その間も二頭の竜達は空でダンスでもしているように、互いに付かず離れずでひらひらと飛んでいる。

見ている限り、まだ激しい戦闘などはしていないようだ。

そう思っていた次の瞬間だった。互いに速度を上げ、すれ違うように空中で危うくぶつかりそうになる。

「危ない!?」

竜騎士候補達が思わず目を覆い、悲鳴のように声を上げた。メリッサも思わず叫びそうになる口を押さえ、声が漏れないように必死に耐えた。こうでもしておかなければ、我慢もできそうになかったのだ。

その後、幾度もすれ違い、そのたびに体勢を入れ替え、再びギリギリを狙《ねら》うように二頭はすれ違う。互いに、攻撃の機会をうかがっているようなその行動だけでも、メリッサの心臓が潰《つぶ》れそうだ。いつも、竜のためを思えば、悲鳴などは上げないように声を殺すこともできたのに、今はとても無理そうだった。

今、白の女王はヒューバードを背中に乗せている。ある意味、ヒューバードは、現在最もわかりやすい白の女王の弱点でもある。白の女王がヒューバードを落としてしまった段階で、白の女王は何よりも優先してヒューバードを助けに向かうことになるだろう。そうなれば試合どころの話ではない。

そして青の竜もそれがわかっているから、先ほどから執拗《しつよう》に背中を狙うのをやめない。青の竜は、白の女王がヒューバードがうっかり落ちても、助けに行くことがわかっている。だからヒューバードを狙うのに躊躇《ちゅうちょ》はしないし、少しでも地上に近い場所で、より白の女王の焦りを誘う位置でそれを仕掛けようとしている。

何度か体が空中でぶつかっているが、双方飛行姿勢も揺らがない。時折すれ違う様子も、まっすぐに突っ込んでいる様子を見れば、二頭は対等に戦うことができるのだとありありと示しているようで、メリッサにはただただ驚き、唖然《あぜん》と見上げていることくらいしかできない。

「……もう青は、白の女王と力も変わらないんだな」

「積極的に飛行中にぶつかりに行っているのは青だ。それでも揺らがないなら、たいしたもんだ」

体当たりに爪《つめ》の攻撃、先ほどから積極的に攻撃を仕掛けているのは青の竜で、逆に白の女王はたまにぶつかるくらいで、積極的な攻撃は与えていない。

一体それを何分ほど繰り返していたか。白の女王が上空に上がっていった瞬間、下から追い抜きざまについに青の竜がヒューバードに爪を引っかけた、ように見えた。

「っ！」

正確にヒューバードの体を引っかけ、すぐさますれ違い離れていく青の竜の背中を、白は追いかけたりしなかった。遥《はる》か上空で、空の上に舞い上がる人の体は、信じられないほど小さくて、頼りない。すぐさま白の女王は、上昇を下降に転じ、まるで真っ逆さまに落下するように地上に向けて飛びはじめ、それを追いかけるように青の竜も下降しようとしたそのときだった。

跳ね上げられ、空を舞っていたはずのヒューバードが、いつの間にか空から消えていた。

「……え？　どこ、いった？」

竜騎士候補者が皆ヒューバードを見失っていたが、次の瞬間、青の竜が空中で突然姿勢を崩した。

ンギャウ！

空から、地上に聞こえるほどの鳴き声が響く。何事かと空を見上げる人々の前で、青の竜はしきりにくるくると回転して、何かを振り払おうとしているようだった。

そしてしばらく空中でジタバタともがいて、突如バランスを崩したのである。

「え⁉」

そうしてきりもみしながら落ちていく青の竜の背中には、いつの間にか、明らかに人影が見えた。胴具も着けていない青の竜の背に、ヒューバードが翼に手をかけ、しがみついていたのだ。落ちて来ない、見当たらない、そう思っていたら、そのときすでに青の竜の背中に乗っていたらしい。

ギャンッ

再び青の姿勢が空中で変わる。そのときヒューバードは、さっきしがみついていたのとは別の翼を押さえ、青の背中で姿勢を変えていた。

「あれ……胴具もない竜の背中で、何やってるんですか？」

ジミーのぼんやりとした質問に、マクシムがあっさり答える。

「自由に飛んでる竜の翼を押さえて、自分が飛びたい方向に飛ぶように無理やり調整している。あれをやるとどんな竜でもまず姿勢を崩すから、自分も危ない。普通はあれをしなくても言葉なり合図で姿勢は変えさせられるんだが、野生竜達は合図なんて知らないからな」

そうして姿勢を変えた青の竜は、そのまま上昇しはじめた。次の瞬間、下から白の女王が青の竜を突き上げ、撥《は》ねられた青の竜とともに再びヒューバードは空へと舞い上げられた。

そしてそのまま、空中で落下しながら、ストンと普通に椅子《いす》にでも座るように、白の女王の背中へと戻っていた。

完全に姿勢を崩された青の竜は、なんとか地上に着地前に体勢を取り戻し、地上に少々乱暴にだが降りてきた。

そして再び、あっという間に空に上がっていく。

「……地上に落ちてきても、負けではないんですね」

メリッサが呆然としながらそうダンに問いかけると、ダンは肩をすくめて答えてくれた。

「わかった。たぶん、諦《あきら》めたら負けなんだな、これ」

「……え？」

「勝利条件は、四半時の耐久戦もしくは白の女王が青の竜を夫として認めるまで。諦めたらその時点で敗北、だと思う」

な？　とダンがマクシムに問うと、マクシムは頷いた。

「他の条件なら、ひとまず何か目標物があり、それを入手して終わり、ってのが一番楽だな。今回のは、一番明確な勝利条件が、白の女王の気が済むまで、なんだよ」

思わずぽかんと口を開けたメリッサに、マクシムがぽんと肩に手を置いた。

ダンも、楽しげに手を打ち、なるほどなるほどと頷きながら空を見上げている。

「だからか。何でヒューバードをつれてったのかと思った。あれたぶん、ヒューバードの方が手加減ができるからだ。女王単独だと、加減なく全力でぶっ放すからな……」

「あと、女王にとってはヒューバードが背中に乗っている状態が完全体ってことだろ。自分を乗り越えるなら完全体を越えろってことだな」

笑顔で再び上を眺めたマクシムは、素直に感心したような表情で先ほどから何度も空中で互いの体の一部分が触れ合い、互いを弾《はじ》き飛ばしている二頭と一人を眺めている。

「そろそろ終わりそうだ」

オスカーの言葉に、メリッサも覚悟を決めて空を見る。

二頭はすでに、ぶつかり合ってなどいなかった。

青の竜が溶け込みそうな空の下で、まるで追いかけっこでもしているように、時折互いの位置が入れ替わりながら飛んでいる。

それは今までの速さや力強さを感じる羽ばたきではなく、まるでダンスのときのように軽やかな動きを見せている。白の女王が互いの羽を見ながら、楽しそうに笑っているようだ。

いつしか、戦闘などかけらも感じなくなった頃、互いの尻尾が体を打ち、そこから光がこぼれるように何かが光を反射しながら落ちてきた。

そして二頭揃って光を追いかけるようにまっすぐ地上に向かってきて、地上に到着する寸前に、その姿勢をくるんと入れ替えるといつものようにふわりと降りてきた。

降りてきた二頭は、いつの間にかそれぞれの口に互いの色の鱗をちゃんと咥《くわ》えている。それを見て、ようやく儀式は終わりを迎えたのだとメリッサにも理解できた。

白の女王の背から、ヒューバードが軽い動作で降りてきたのを迎えながら、メリッサは青の竜と白の女王の顔を見上げていた。

「……鱗、地上からだとわからなかったんですけど、よくあの状態で、こんな小さな互いの鱗を拾えましたね」

「まあ、大半の竜は地上ですることらしいが、それもまた、白の試しみたいなものだ。自分は拾えるんだから青も拾えるだろうと言いたいらしい」

ヒューバードは苦笑しながら、青の竜の首を撫で、健闘を称《たた》えていた。

「儀式、成功ですか？」

「ああ、成功だな。互いの鱗を互いに与えた、この時点で成功だ」

その瞬間、メリッサは安堵《あんど》でふらりとへたり込みそうになったが、その前に背後からメリッサが一番安心できる腕が伸びてきて、支えてくれた。

背中でもたれ掛かり、ヒューバードの存在を感じながら、目の前にいる青の竜と白の女王に、とびきりの笑顔で祝福の言葉を告げた。

「おめでとう、白。おめでとう、青」

二頭は喉《のど》をぐるぐる鳴らしながら、口に咥えている鱗がメリッサに触れて傷つけないように、丁寧に鼻先でちょんとつついた。

青の竜の卵が目の前で孵《かえ》ってから今日まで、一日一日があっという間に駆け抜けるように過ぎていったような気がしていた。

毎日毎日見ていたあの小さな青の竜が、気がつけば白の女王と同じほどの大きさにまで育ち、しかも白の女王のつがいとしてとなりに並ぶ姿を目にすることになるとは思っていなかった。

白の女王は、青の竜が小さな頃から、この子は自分のつがいだとはっきり言っていた。けれど、人であるメリッサは、どうしても生まれてまだ何年、今いくつと、人の考えで竜も見てしまっていたのかもしれない。

そもそも、竜は長く長く生き続ける。それこそ、人の寿命よりよっぽど長く生き続ける竜が、こんなに早く結ばれることになるなんて思わなかったのだ。

「ありがとう、白。あなた達の大切な儀式を見せてくれて」

先ほど、ヒューバードは言っていたではないか。普段は地上で行うと。おそらく戦闘とやらも、わざわざここまで来てやることはなかったのだ。今まで、メリッサが調べてきた辺境伯家の記録にも、竜達が庭で儀式をおこなったような記録は一切なかったのだから。

つまりこの儀式は、メリッサに見せてくれるためだけに、ここでおこなった可能性が高い。

そう思っていたら、青の竜が口に咥えていた鱗をぱくんと飲み込み、メリッサに語りかけた。

グルル、グルル、ギュアァ
『メリッサの結婚式、見せてくれたから。僕らだと結婚式って何にあたるのかと白に相談したら、これだろうって言ったんだ』

白の女王は、その青の竜の言葉に続くように、ヒューバードに伝えたらしい。

「せっかくだから見て欲しかった。長年待ちわびた青が、人の手を借り育てられた子が、こんなに立派に成長したのだと、誰が見ても納得できるように見せてやりたかった……だそうだ」

――白の女王がそれを見せたかった相手は、一体誰だったのだろうか。

思えば白の女王は、青の親竜である紫の明星の友達だったと聞いたことがある。だからこそ、白の女王は、卵を抱いたこともないくらい年若い竜であったのに、大切な自分の竜騎士であるヒューバードを背中から下ろしてまで、自分が抱いて孵すと宣言して、卵を預かったらしいのだ。

……確かに今、辺境の空は、とても綺麗な色をしていた。

どこまでもどこまでも、透き通ったような青い色だ。

この色は、青の竜の鱗よりも、目に色が似ている。メリッサはそう思った。

先ほど、二頭がひらひらと舞い飛んでいる最中、どこから見ていても、青と白の鱗は輝き存在を主張していた。

――ようやく鱗がすべて辺境に帰還した紫の明星。

紫の明星は、ちゃんと見ていてくれただろうか。白の女王と並んでも見劣りしない、立派な翼と尻尾を持った、堂々とした王者の姿を。

……青の竜と同じ色をしていたらしい、青い目で。

メリッサが呆然と見上げているうちに、白の女王もこくんと青の竜の鱗を飲み込み、いつものように鼻先をそっと近づけメリッサの頬《ほお》を舐《な》める。

白の女王の声は正確に聞こえはしないけれど、今、言ったことはわかった気がした。

ありがとう

音として聞こえなくても、気持ちははっきりと伝わった。そう言い切れるくらいには、メリッサと白の女王は付き合ってきたのだと、自信を持って言える。

メリッサはじわりと熱くなった目元を隠すように、ぎゅっと白の女王の鼻先に抱きつくと、その思いを告げる。

「白、おめでとう。……それと私に、青の竜を育てさせてくれてありがとう。白が駄目だと言えば、人である私が青に出会うこともできなかったのでしょう？　私を、竜の仲間として迎え入れてくれて、本当にありがとう」

そうして万感の思いを込めて、白の女王に抱きつく腕に力を込めた。

白の女王が発する喉の振動を全身に感じながらしばらく抱き合っていたところ、突然メリッサは脇《わき》の下に手を入れられ、べリッと音がしそうな勢いで白の女王と引き離された。

「!?　えと、どうかしましたか？」

突然引き離され、驚いて振り返ると、笑顔ながら不機嫌そうなヒューバードがいて、驚きに目を瞬かせたメリッサは、硬直した状態でされるがままに抱き上げられていた。

「!?!?!?」

今の状況で、なにも言わないヒューバードを見てメリッサが理解できることは、断固としてメリッサを下ろすことはしないだろうということだけだ。

抵抗することなど考えもしないメリッサは、普通に抱き上げられたまま、白の女王と離れた位置に移動したヒューバードの腕の中で、驚いたような青の竜の表情と、仕方ないなとため息をつくような白の女王の表情に見守られていた。

「それで、青。メリッサが作っていた例のプレゼントは、どうするんだ？」

驚いて固まっていた青の竜が、はっと目が覚めたような表情で顔を起こすと、キョロキョロと何かを探し始めた。

「ああ、青。メリッサが用意したものは、いつもの餌入れの台車にまとめてある」

そう言われて、青の竜はいつもメリッサが野菜を配っている場所へと視線を向けた。

メリッサを抱き上げたままのヒューバードが移動して、使用人達にその場所に置いてあった布が掛けられた箱を開けるように命じる。

青の竜は、それを見守り、開けられた箱の中からひとつの花冠を上手に咥えて取り出した。前に立ち、それを差し出した青の竜に、白の女王は首をかしげながらその花冠を受け取った。

「白……それを教えたのはお前だろう」

グルル？

ヒューバードの言葉に、白の女王は本気で首をかしげていた。

「お前が、結婚式で人の花嫁は花を飾るんだと、メリッサの花嫁衣装について青に説明したんだろう？　そしてそれを、かわいいかわいいと、散々褒めてくれていただろう？　青はそれを覚えていたから、自分のつがいのお前に、花を飾りたいと思ったんだよ」

ギュー
『白、花が好きって言ってたよね？』

不安そうに青の竜がそう尋ねている。

グルル、グルア。ギュギュー？

『花がいっぱい咲いてる場所で、大きな体で潰しちゃかわいそうって、言ってたよね？　だからメリッサに、いっぱい花を用意してもらったんだ。そこでゆっくりできるように。寝床をぜんぶ白の好きな花で埋めようと思った。嫌かな？』

白の女王は、しばらく不思議そうに首をかしげたままだったが、しばらくすると目を瞬かせ、ゆっくりと花がたくさん詰まった箱の傍にやってきた。

中を見て、ふんふんと匂《にお》いを嗅《か》ぎながら、小さく喉を鳴らした白の女王に、ヒューバードが微笑んで語りかける。

「運ぶのは他の竜達にも手伝ってもらうが、敷き詰めるのは私がやってくる。とりあえず、受け取るつもりがあるのなら、少しここで休憩でもしててくれれば敷き詰めてくるから、待っててくれ」

白の女王は、そう言い出したヒューバードに一瞬胡乱《うろん》げな眼差しを向けたが、すぐに何かに気づいたように、少しだけ軽やかな足取りになって庭の中央部分に移動して横たわった。

実はこの花は、元は完成したら白の女王の寝床に撒《ま》いて驚かせたいと青の竜は訴えていたのだ。

だが、現実的に、白の女王に気づかれないままそれができなかったのである。

基本的に、女王の寝床に入れるのは、竜も含めても数が少なすぎた。ヒューバード、メリッサ、そして青の竜なら問題ないが、それ以外だと紫でも不可能だ。手が限られすぎている。

そして、ヒューバードとメリッサに関しては、常に白の女王が移動の足となっている。逆に、白の女王に乗らずにねぐらに行ったとわかった場合、一瞬で計画が崩れてしまう。

青の竜が、できあがった花の一部をこっそり自分のねぐらに隠し持っているのだが、青の竜でも時期が来るまで白の女王に気づかれずに花を飾るのは不可能だった。

そのための苦肉の策が、ここで渡して白の女王自身に許可をもらい、ヒューバードに飾ってもらおう、となったのである。

花自体で驚かせることはできないかもしれないが、花がたくさん飾られた寝床で驚かせることはできるだろう。

そう言って、メリッサが提案したのである。

白の女王は、ヒューバードに了承の言葉を伝えたらしい。ヒューバードは白の女王の傍に歩み寄り、いつものようにメリッサを白の女王の前足に乗せた。

「よし、じゃあ、行ってくる。オスカー、貴婦人で荷運びだけ手伝ってくれ。ダン、マクシム、ジミーはここで待機」

「了解」

そして、青の竜に向かって尋ねた。

「青、もう、胴具はいらないよな？　さっきも胴具なしで乗れたんだから」

ヒューバードは、挑戦するような笑顔でそう告げる。それが、青の竜自身の胴具の話であるのは間違いない。

グルアァァ！

『わかったよ！　もう、一人でも乗っていいから！』

青の竜が勢いよく答えるのを聞いて、メリッサも思わず笑ってしまった。

どうやら、今までヒューバードが乗るときは、胴具が必要だったらしい。その意味は、メリッサが乗るときは、どうしても胴具が必要だから。

つまり、ヒューバードが乗るなら、メリッサが必要だと言っているのに等しい。

元々、ヒューバードは白の女王も胴具なしでも騎乗ができる。それは、ヒューバードと白の女王の信頼関係の為《な》せる業だ。

それなら、青の竜との騎乗でも、信頼し合っていれば可能なのかもしれない。

ヒューバードは、胴具を着けていない青の竜にそのまま騎乗し、輝くような笑顔でメリッサに向かって手を振った。

「メリッサ、ちょっと行ってくる」

それに、メリッサは最高の笑顔で答えた。

「はい、行ってらっしゃいませ、あなた！」

白の女王と一緒に、ヒューバードが帰ってくるのを待つ。それは、メリッサが予想したよりもずっと楽しい気分でいられることだった。

いつも、白の女王はヒューバードと一緒に行ってしまうのが当然だったからだ。

メリッサは、この場所で、みんなが帰ってくるのを待つのが仕事だ。待つ間、相手の無事を祈り、帰ってきたときに、地上に安心して降りてきてもらうことこそがメリッサの望みなのだ。

だからこそ、この場所を保つ仕事は苦にならないし、必要なら商人達との交渉ごとも頑張れる。

竜達が好きな食べ物を細かく調べ、農業地帯にそれを栽培してもらうよう交渉するのも、そのために手紙を書き、面会して便宜を図るのも問題ない。

少しでもこの辺境の収入を増やすため、道の保全も忘れはしない。

その道を通り、新しい竜騎士志望者がやってくるのだから、道の保全はすなわち辺境伯領の未来に繋《つな》がる大切な仕事なのだ。そのための馬車の管理と馬専用の牧場の整備にも力を尽くす。

コーダの人々の収入も、即座に税収に繋がるために大切だ。

この街に観光に来る人々はとても少ない。まず竜を見に行きたがる人は、よほど竜が好きでたまらない人達だけだ。大体の人は野生の竜を恐れ、常に襲われる危険があるこの場所には来たがらないが、逆に竜が好きな人々には、この場所は最高の場所なのだ。

つまり、そういう竜が好きで好きでたまらない人々は、王宮勤めを目指すかこのコーダで仕事を探すかのほぼ二択となっている。そういう人々に仕事をあてがうのも、辺境伯夫人の仕事のうちとなっている。

辺境伯領は、竜が好きで、竜の傍にいたい、竜を守りたい、竜と一緒にいる夫が一番と思っている女性達が、代々引き継ぎ、夫と二人三脚で守り続けてきた、大切な場所である。

それを引き継いだメリッサが、夫の竜である白の女王とともに、ここで夫の帰りを待つのもまた、楽しい時間の過ごし方だ。

「白、お花、いつかここで咲くといいわね。そしたら、本物を寝屋に飾れるわ。あの香りが寝屋でも楽しめたら、きっと素敵だと思うの」

グルゥ、クルル

白の女王が愛《いと》しげな眼差しで腕に腰を下ろすメリッサを見つめながら、頬を舐める。

「去年、結婚式のあとに植えたから、来年は咲くんじゃないかって言ってたわ」

小さな頃に、白の女王の腕に腰掛け、毎年楽しみにしていた花の季節は春。今はまだ春は遠く、この地方で春と呼ばれるのにふさわしい季節は雨期を越えた頃にやってくる。

「あの花は、冬が寒い場所じゃないとなかなか咲かないらしいけど、この場所でもギリギリ咲かせられるんじゃないかって、王都から来た庭師さんが言っていたの。花は雨期のあとらしいから、次の雨期が楽しみね」

小さな頃、白の女王が見初めた星空の目。メリッサはその目を今はまだ葉だけしか育っていない小さな木々に向けて、笑っていた。

その光景は、かつて王宮の竜の庭でよく見られたものであり、竜騎士達にとってはなじみの姿だった。

そこを警護するために残ったダンとマクシムは、微笑ましい過去の光景を目の前に見て、笑顔でそれぞれが任された仕事へと戻っていく。

それは、歴代の辺境伯と、その夫人が守ってきた、穏やかな日常の風景。

それが王宮で幼い頃から見ていた風景と同じものなのだと、メリッサは初めて気がついた。

長い年月、竜騎士達が、そして騎士を選んで王宮へと旅立った騎竜達が作り上げたのだと、そんな過去の風景にも思いをはせる。

ヒューバードが帰ってくるまで、白の女王とともにそんな話をしながら、ゆっくりと過ごした。


青の竜の旅立ちは、それから大体三月過ぎた頃におこなわれた。それは、ノヴレーの問題が片付くのを待っていたためだった。

結局ノヴレーの部隊は全員囚《とら》われの身となった。

後日、竜達が被害を受けたイヴァルト、そして勝手に拠点を作られ、巻き込まれたキヌート、同じく長らく密猟団の拠点とされていたガラールから厳重に抗議され、さらには山岳民族達の訴えから、遺跡にいた部隊はノヴレーに移送され次第、裁かれた。

山に繋がる道を作ったことで中央国家群のトルーガ山脈からとれる資源で商売している人々からもにらまれることとなり、それらの国々から訴えられることで賠償金の支払いなどが発生して国の規模はかなり小さくなることになった。

道を作った場所は中央国家群の小国に管理されることとなり、その分国土も小さくなり、山を越え、イヴァルトにいる竜達に手を出せるほどの資金的な余裕も消えた。

青の竜はそれまで、ゆっくりとメリッサと過ごしながら、辺境警備隊とキヌートの密猟団対策部隊の面々、そして竜騎士隊の協力でねぐらの修復がおこなわれていくのを眺めて過ごしていた。

その途中で、青の竜の旅立ち前にと急ぎ帰宅した義母とともに、王都からの客人としてリュムディナのカーヤが琥珀の小剣とルイスに伴われてやってきた。

久しぶりに会ったカーヤは、リュムディナではなくイヴァルトの服を身につけていて、出迎えたメリッサを驚かせた。

どうやらこちらに来る前に作ってきたらしく、布自体はリュムディナの織物で作られているが、あちらの鮮やかな色合いの布で作られたイヴァルトの女性が一番着ている足首までの旅装に身を包み、その上にルイスとおそろいの防寒用のマントを身につけ、ショートブーツを履いた足はしっかりと揃えられ、竜に乗ってもおかしくない服装でしっかりと肌が保護されている。

その様子を見れば、すっかり琥珀の小剣の背中に乗り慣れているのがわかる。

ルイスに支えられ、琥珀の小剣から降りてきたカーヤは、メリッサを見て目を輝かせ、駆け寄ってきた。

「お久しぶりです。お元気でしたか？」

「カーヤ様!?　お久しぶりです。イヴァルトにいらしてたんですね」

イヴァルトの言葉を完璧《かんぺき》に操るカーヤに、驚きを倍増させつつ、慌てて答えた。

すでに西大陸に到着していることすら知らなかったメリッサは、そういえば最近カーヤからの手紙が届いていなかったことに、このとき気がついた。

「移動が完了したことをご連絡を差し上げようと思ったのですけど、国の移動で手続きなどに手を取られてしまって。可能なら竜の力でお知らせをしようと思ったのですが、竜同士の遠距離会話はできなくなっていると琥珀の小剣が言うものですから、連絡もできなくて」

「なんか、オスカーが問題に当たっているから、それが解決するまでは遠距離での連絡は入れられないとかで。たぶん、俺《おれ》らと前後して、こっちに手紙の束とお土産が一緒に届くんじゃないかな。俺らは夫人が一緒だったから、馬車と同じ速度ではあったけど、あらゆる関所は逆に手続き最速で通ってたから、途中で追い越した気がするし」

ルイスがあっさりとそう告げたが、その手紙はルイスの宣言通り、翌日届いた。

「青の竜がこれから国々を巡ると聞き、是非ともリュムディナにもお立ち寄りいただきたく、ルイスと一緒にご挨拶《あいさつ》にまいりましたの」

カーヤは微笑みながらルイスに視線を向けると、ルイスはカーヤに視線を向け、そして周囲を見渡した。

「……青が俺達を呼んでるっぽいんだけど、今どこにいるのかな？」

「え？　いつものように庭にいるはずですけど」

そういえば、青の竜ならば、この辺境に入る前に、ルイスがこちらに向かっているのに気づいたはずなのに、なにも言われなかったなと首をかしげた。

「メリッサ、お二人を青の竜のところに案内して差し上げてね。私はこれで。またあとで、お食事でもご一緒できればうれしく思います」

義母はカーヤに膝《ひざ》を折りながら礼をして、屋敷の中に入っていく。それを見送り、メリッサは二人を伴って竜の庭へと向かったのだった。

キュアー！

ギャウ！

メリッサが庭に入った途端、突撃する勢いで駆け寄ろうとした子竜達が、カーヤとルイスが一緒にいるとわかった瞬間、回れ右をして親達のところへと駆け戻ってく。

そのあまりの勢いにあっけにとられるカーヤに、メリッサは慌てて説明した。

「あの子達は今年生まれたばかりの子で、カーヤ様の記憶は受け継いでいなかったようです。

ルイスさん、琥珀の小剣は説明していませんか？」

そう問いかけた直後、庭に琥珀の小剣が姿を現した。軽やかな羽ばたきで機嫌良く降りてきた琥珀の小剣は、まず子竜達に、カーヤについて説明をしたらしい。降りて少しだけその場に止まったかと思うと、すぐさま走って青の竜がいる場所へと移動していく。その行き先を見ていたメリッサは素早く青の竜を見つけ、ルイスに伝える。

「ああ。青はいつもの場所にいますね」

カーヤが、再び駆け寄ってきた子竜達に挨拶しているのを見ながら、メリッサは問いかけた。

「ルイスさん、まだ、カーヤ様は中に入ったら危ないでしょうか？　青を呼んだほうがいいですよね？」

「ああ、すべての竜達が認めてくれたわけじゃないから、危ないかな。頼む」

ルイスの言葉を受け、メリッサが青の竜に声を掛けると、すぐさま囲んでいる竜達の隙間《すきま》からひょっこり顔を見せて、ゆっくりと歩いて黒鋼の柵の傍まで近寄ってきてくれた。

グルァ、グルルル？　クルルルル
『海向こうの花嫁、久しぶり。小剣が乗せてたの、やっぱりそうだったんだ？』

どうやら青の竜は、カーヤのことを『海向こうの花嫁』と呼んでいたらしい。

こうして個人の名称などを知ることができると、確かに自分が聞こえていると思っている青の竜の声は、ちゃんと真実を伝えてくれているのだろうと思う。

カーヤはこの場所にいたときにもいつもしていたように、静かに地に跪《ひざまず》き、手を組むと拝礼をおこなった。

グルルル

『いつも祈ってくれてありがとう』

青の竜は、はっきりとそう言った。

どうやら、本当にリュムディナの人々の祈りは青の竜に届いているらしい。思わず驚き、目を見張ったメリッサに、ルイスは若干いぶかしげな表情をしていたが、少し首をかしげた程度で今度はルイスの方が問いかけた。

「そういえば、白がいないってことは、ヒューバードは出かけてるのかな？　あっちで報告書を預かってきたんだけど」

「あ、今、コーダの辺境警備隊の詰め所に行ってます。すぐに帰ってきますよ。白は、今日はねぐらの修復作業の見張りです」

そう報告すると、ルイスは一気に気の毒そうな表情になり、メリッサの頭に手を伸ばしてよしよしと撫でた。

「ああ、聞いた聞いた。密猟団が大変だったんだって？　今もねぐらが穴だらけだって聞いた」

「そうなんですよ、大変なんです。何が大変って……子竜達が穴の存在に気がついてしまって、面白がって潜って行っては大騒ぎで……」

その後、半狂乱になった親竜から連絡が入り、人が潜り込んで助けるまでがセットの騒ぎである。

その騒ぎのおかげで、最近キヌートの密猟団対策部隊と辺境警備隊が徐々に竜達に受け入れられてきたのが、唯一良かった点と言えばいいのか……。

当然、そうやって潜って行った穴は真っ先に潰されることになるので、子竜達は再び新しい穴を探す遊びを始める。そして最初に戻るのである。

「あー……」

ルイスも、そういう状況を理解したのか、気まずそうに頬を掻《か》き、目をそらしていた。

グルア、クルル？

『メリッサ、お願い』

突然青の竜に呼ばれ、メリッサは顔を上げた。

「青。どうかしたの？」

メリッサが問いかけると、青の竜はカーヤを見ながら、メリッサに願いを伝える。

グルル、グルルルル

青の竜は、カーヤに聞いておきたいことがあるらしい。言葉を伝えて欲しいと頼まれた。

そうして問いかけられたのは、リュムディナについてだった。

「青は、リュムディナにはどれくらい言葉があるのか、と聞きたいみたいです」

どうやら、リュムディナの竜達は国中に散らばっているらしく、その竜達に伝えるべき人の言葉はどうしようかと悩んだらしい。

おそらくそれは、青の竜が次にリュムディナの竜達に出会ったときの準備のようなものだろう。竜が言葉を覚えることによって、より相互理解が進むことになる。

「言葉……皆が使用している言語ということでしょうか？　地方によっても方言で違いますが、基本は私どもが使っている言葉を話します。今、琥珀の小剣も我が国の言葉として、その違いを含めてある程度は理解していると思いますが……」

そう説明しはじめたカーヤのとなりで、ルイスはメリッサの袖《そで》をつんと引っ張った。

「……メリッサ、もしかして、青の竜の言葉が理解できてるのか？」

そのルイスの問いかけに、カーヤも驚きもあらわに振り返る。

思わず反応できなかったメリッサに、いぶかしげだったルイスの表情が驚愕《きょうがく》に変わっていく。

「どうしてだ？　青の竜と繋がれたわけじゃないよな。絆《きずな》は繋げないって、青自身が言ってたはずなのに」

その疑問は、メリッサにも答えられない。

「あの、ある日突然、わかるようになったと、そういうことしか言えないんです。理由は、私やヒューバード様もわからなくて」

「青の竜！　まさか、メリッサと、絆を結べたのか？」

ルイスが慌てたように青の竜に問いかけたが、青の竜は口を閉じ、少し考えるようにして首を横に振った。

「青の竜にも、理由はわからないのか？　メリッサと絆を結べたとして、まさか何か体の変化でもあったのか？　体調はどこもおかしくないか？」

「それは、真っ先に調べました。今までとどこも変わってません。竜にとって、女性は卵の殻のようなものという以前聞いた言葉があったので、それに穴が開いたんじゃないかとか、女性の機能がどうのという話もしたんですけど、お医者様が定期健診で来てくださるので調べてくれましたが、普通のままでした。と言うか、なんとなくですが、私が子供を産めなくなるようなことをするのは、竜達が認めないいんじゃないかと……」

メリッサは赤面しつつそう答えたが、それはほぼ確信に近い。現在、たった一人になってしまった辺境伯家の血を継ぐヒューバードの、これから先もたった一人しかいないと思われる妻がメリッサである。それを失わせるようなことは、竜達自身が何があってもしないという確信がメリッサにはあった。

「何かあったとすれば、青の方に変化があったんじゃないかというのが、ヒューバード様と話したときの結論だったんですけど」

そうメリッサが告げて、その場にいた人間の視線が一斉に青の竜に向けられる。

グルァ
メリッサは、その青の竜の返答に、驚きで目を見張った。

『そうだよ』

青の竜は、はっきりとそう告げた。

『前の青が、人の力に頼ったとはいえできたことだよ。なら、僕にもできる』

「人の力に……あの、ヒューバード様の黒鋼の……？」

メリッサが呆然と告げた言葉に、ルイスは顔色を変え、さっと身を翻《ひるがえ》して辺境警備隊の詰め所へと走って向かう。

『伝えたかった。伝えたいと思った。人の言葉を知りたかった。人の心を知りたかった。……人に、寄り添いたかった。ずっと、ずっと一緒にいたかった。あの黒鋼の杖《つえ》は、そんな前の青の気持ちを、魔法で強化して作り出した。だから、大人になってその記憶をもらった僕は、僕一人の気持ちと力を使って、それをやった。人のように、小さな杖にして持ち運べるようにはできなかったけど、メリッサに声を届けるだけの力を集めたいと思ったら、僕自身が変化してたんだ』

青の竜は、笑ってそう告げた。だが、それは笑って簡単に言っていいようなことではない。竜が、王竜と言えるような一番強い竜が、人に言葉を伝えたいがために自分を変化させた。そう言っているのだ。

「青……」

『メリッサは、怖がったり、悲しんだりする必要は何もないよ。竜は、ずっとこうして変化してきた。何かの願いが大きくなれば、それを叶えるために体を変えるのが竜だから。前の青は、それを願ったのが大切な人が死んでしまったあとだったから、ああして杖で次の世代の人に伝えるしかなかっただけなんだ』

駆けつけたヒューバードは、メリッサと青の竜を見ながら、眉根を寄せて耳を澄ましているようだった。

青の竜の言葉は、完全にはヒューバードにも聞こえていない。やはりどこか、別の何かを通しているような言葉に聞こえているらしい。

『メリッサ、大好きだよ。卵の中で僕の色を好きになってくれるって、そう言ってたのが聞こえたんだ。だから僕は、僕の色を知りたくなった。メリッサは、僕の色、好きになってくれた？』

青の竜の言葉は、どんどんはっきりと聞こえてくるようになった。もしかしたら、ずっと声を届けようと思ってくれていたのかもしれない。両手を伸ばして抱っこをねだっていた小さな頃から、ずっと、ずっと願っていてくれたのかもしれない。

「もちろん、大好きよ。この辺境の空の色。大好きな旦那《だんな》様の目の色。大切な親友の、白の目の色。ここに来る前から、ずっと、ずっと好きな色よ。そして大好きなこの場所の色だもの」

メリッサは、笑顔を浮かべていた。心の底から、うれしかったから。だけど、人はうれしくても涙が出るものなのだ。こんな心の細かな変化が、どう竜に伝わるのかわからなくて、メリッサはそのとき笑顔を浮かべるしかできなかった。

「大好きよ、青。……卵の中から顔を出した日、寝屋に光が入り込んであなたの色が照らされたとき、私の大好きな色をしていたあなたを見て、なんて綺麗な色だろうって、改めてあなたの色が大好きになったのよ」

メリッサは、笑顔のまま静かに涙のしずくをこぼしていた。ぽろぽろとこぼれ落ちる涙を見て、青の竜は少しだけ困った顔をしたが、すぐにヒューバードがメリッサのとなりに立って肩を抱いたので、安心したらしくほっとした表情に戻っていた。

『話せて良かった。伝えられるようになって良かった。ありがとう、メリッサ。僕のお母さん。……旅に出る前に、それを言いたかったんだ。だから、頑張ったんだ！』

青の竜は、その言葉を告げると、うれしそうにクルルクルルと鳴いていた。

この鳴き声は言葉ではなく、人で言うところの鼻歌のようなものらしい。

『大丈夫。メリッサが僕の羽を大きく育ててくれたから。この羽で世界一周なんてすぐに終わらせるから！　必ず帰ってくるからね。メリッサから生まれる、僕の兄弟《きょうだい》に会うために！』

メリッサは、その鳴き声を聞きながら、ずっと笑顔で涙をこぼし続けていた。

青の竜が弾む声で『じゃあ行ってくるね！』と張り切って旅立ってから、半年ほど経過した。

いつもの営みをいつもの通りに。今日《きょう》も辺境は竜達が賑《にぎ》やかに過ごす、いつも通りの日常を送った。

青の竜が旅立つとき、まだ小さかった子竜達は、気がつけば飛ぶ練習を始めている。今日も小さな翼でふらふらと不安定に空を飛び、街の人々をはらはらさせながらいつも通りに屋敷に通ってきている。

竜騎士は、子竜を騎士にした一人ともう一人。琥珀《こはく》が騎士を選び、竜騎士となった。ただこの人も、子竜の騎士が辺境で修業しているなら、同期で一緒にやればいいと結局辺境に留め置かれ、そのままこの場所で修業をすることになった。

どうやらクライヴとオスカーは、このままなし崩しに、竜騎士の教育に関してはこちらに全権を委譲してしまおうとしているらしい。そのための教官として駐留部隊を置き、いつかその部隊を辺境伯家の実働部隊として機能できるようにする計画のようだ。

そしてメリッサは、今日も庭でいつものテーブルセットに温かいハーブティーを用意して、飛ぶ練習をしている子竜達が迷子にならないようそわそわと見守っている親竜達を眺めて過ごしていた。

「メリッサ、また見てたのか？」

「はい。だって、竜が大きくなるのは本当にすぐですから。今の姿をしっかり見ておかないと、明日《あす》にはすいすい飛べたりしちゃうかもしれないんですよ！」

メリッサは、いつものようにメモ帳を片手に、小さな子竜達が今日はどれくらい飛べるようになったのかをしっかり書き記し、そのメモを読み返す。

「青の竜が大人になったのも、結局すぐでした」

「そうだな。……ああ、リュムディナ駐留の竜騎士から、青が顔を出したと連絡が来ていてな」

「!?」

メリッサは慌てたように立ち上がり、屋敷に入るために身を翻《ひるがえ》した。しかし、突然足をもつれさせて危うくこけそうになった。

「きゃっ!?」

「メリッサ!?」

その瞬間、庭の竜達は全員が目をくわっと見開いてメリッサに注目した。

もちろん、すぐとなりにメリッサをこの世で最も大切にしている男がいることは竜達もわかっているので、無事に見るだけで終わることができた。

ヒューバードは、こけそうになったメリッサをさっと抱き止めると、いつものように抱き上げてそのままさっさと屋敷の中へと入っていく。

「……すみません」

「いや、私も慌てさせてすまない。元々その連絡が来たと知らせようと向かったことを忘れてたんだ」

そして慌てさせないよう、落ち着いて知らせるつもりがいきなり話題を出してしまった。

「使用人達から、今の奥様を慌てさせるなと散々言われているのにな」

渋い表情をしたヒューバードは、ここ最近ずっと、メリッサをことあるごとに抱き上げている。一歩も地を踏ませまいとしているようなその様子を見るたびに、義母は今のヒューバードと似たような、渋い表情を見せるのだ。

「すみません、つい、いつもの靴を履いているつもりになってしまって……重くてかかとがある靴は駄目って言われたんですけど、いっそ今まで通りの靴の方が安全かもですね……」

義母はメリッサの現在の服装について、とても注意深く見守ってくれていた。今までの重い靴は体の負担になるからと、軽くて動きやすい、柔らかい革で靴を作り直してくれた。

つまり、義母の渋い顔は、メリッサの服装をもう一度作り直すべきかどうかを思案してのことなのだろう。

メリッサとしては、親子でそっくりな表情を見て、申し訳ないやらおかしいやらで、なんとも言えなくて笑うしかできなくなるのだ。

「……青は、一頭でも海を渡れたんですね」

リュムディナからの連絡を聞き、心配事がひとつ減ったメリッサは、笑顔でヒューバードにそう尋ねる。

「ああ。一時は王都の浜で、延々海を見つめていたという話を聞いたからな。どうなることかと思っていたが……」

青の竜は、旅立ってからすぐは、この東大陸を巡っていたらしい。ガラール王国の王妃が、青の竜の訪れを、今度こそ瑞兆《ずいちょう》でしょうかと手紙を送ってきてくれたのでそれが判明したのである。

そして南から北へ、トルーガ山脈の遺跡でも見学するように、ぐるっと回って北上していったという。

大陸を出るのに、半年かかった。

だが、メリッサはその話に希望を持った。

広大な東大陸を、たった半年で青の竜は回ったのだ。

「この調子なら、本当にびっくりするほど、青の竜はすぐに帰ってくるのかもしれませんね。この子も、ちゃんと紹介してあげることができそうです……」

ヒューバードの腕の中で、幸せそうに微笑《ほほえ》み、腹部に手を当てるメリッサに、その夫であるヒューバードは、自分も幸せであることを示すために口づける。

青の竜に、こちらのことを伝えることはできない。

この大陸を出てしまったなら、なおさらのこと伝えることは不可能に近い。

だから、メリッサはこの場所でただ待っている。

青の竜に伝えるために、この場所でどんなことが起こったのか、竜達の成長と、日々のちょとした事件を小さなメモに書き留めて。

その中に、辺境伯家のほんの少しの変化も書き留める。

今日もメリッサは、辺境の竜のくつろぐ地で、青の竜を待ち続けている。

完

番外編　子竜の大冒険

キュア！

足下から、元気な子竜の鳴き声が聞こえる。

ヒューバードが足下に視線をやると、つい先ほど保護した琥珀《こはく》の子竜が、普段来たことのない層に足を踏み入れ、楽しそうに周囲を見渡しているのが目に入る。

ヒューバードがこの子竜を保護したのはつい先ほど。最下層にある子竜達の寝屋近くで、親竜達が人の匂《にお》いがする穴があると騒いでいたのを聞きつけたためだった。

「どうした？　騒がしいが……ん？」

密猟者は、ある意味イヴァルトの一般常識として知れ渡る逆を行くことで、代々この地の陰でこそこそ暗躍していたことがついこの間、ヒューバードの暗殺未遂事件で判明したのである。

……まさかこの竜のねぐらで、生身の人間が逃げ道を作るなど、考えもしなかった。誰もが恐れる竜の、さらに警戒が厳しい底の部分に流れる川の流れ込む先に密猟者の逃げ道があるなんて、竜達ですら想像もしていなかったのだ。

だが、わかったからには放置できず、まずは一人、その状況を調べに来ていたヒューバードは、悲痛な声で子供を呼ぶ竜の鳴き声を聞きつけ、様子を見に来たのである。

その親竜の傍《そば》には白の女王が寄り添っているのを見て、ヒューバードは白の女王に質問した。

「白、何があったかわかるか？」

『どうやら子竜が一匹、壁が崩れた場所に入り込んでしまったみたい』

それを聞いたヒューバードは、まずこの場所にいた子竜達の面々に視線を巡らせた。

今年生まれた三頭のうち、緑の一頭は屋敷の庭で自らの騎士の傍を離れることなく今日《きょう》も遊んでいた。

ヒューバードが家を出る前に親竜とメリッサを真似《まね》て『いてらっちゃ』と舌足らずな言葉とともに手を振っている微笑《ほほえ》ましい姿を見たので、あの緑の子竜はこの場にいないはずだ。

あと、前年に生まれた竜達もまだまだ子竜のうちとされている。青の竜が半年の頃《ころ》と同じくらいに育っている子竜達が四頭、緑と琥珀のほどほど大きい子竜達が、まだ独り立ちせずに子竜のねぐらで生活しているはずだ。

ところが、子竜達を確認したところ、確かに今年生まれた琥珀の子竜が一頭、姿が見えなくなっていた。

ギュアオォォォ！

子竜達と同じほど低い位置に寝屋があるのは、基本的に老竜達である。その老竜の中の一頭が寝屋にしている穴蔵の前で、緑の竜が子供を呼んでうろたえている姿を見て、その横をすり抜けて寝屋に入り込む。

「あの穴を通り抜けていたのは人だ。私なら追いかけられるだろうから、しばらく待っていてくれ。ちゃんと連れ戻してやるから」

それだけ告げると、オロオロしている老竜に断りを入れ、ついさきほどできたばかりだろう崩れた穴へと入り込む。

そこは大変狭かった。人間でも、屈《かが》んでようやく通れそうなくらいだ。間違いなく、密猟者が使っていた穴なのだろう。

こんな底部分に、しかも王竜の玉座の近くだというのに密猟者に入り込まれていたことに、ヒューバードはひっそり頭を抱えた。

王竜の玉座は、長年竜達も近寄らない場所だったため、その間に入り込まれていたのだろう。おかげで竜達が殺気立ったが、それでもねぐらにいる竜達はヒューバードを受け入れてくれていることはありがたかった。

受け入れてくれた竜達のためにも、人の代表としてねぐらを竜達にとって安全な場所にしなければならない。そのためには、この穴をとにかく潰《つぶ》していくしかないのである。

だが、とにもかくにも、ひとまずは子竜を親竜の元に返さなければ仕事にならない。今も最下層の寝屋近くで、親が悲痛な声で叫んでいるのが聞こえてくる。

その声を聞きながら、穴の中をなんとか上へと登っていく。

穴に入れば、外にいる竜達よりも、中で鳴いている子竜の声のほうが強く聞こえてきたのである。子竜はのんきなもので、キューキュー鳴きながら少しずつ上に登っているようだった。

「そこの琥珀、いい子だから止まれ！」

キュー？　キキュ！

「やじゃない！　親竜が心配しているから、一旦外に出よう」

キューキュ！

「あとから抱っこでもおんぶでもしてやるから。こんな真っ暗な場所より、ひとまず外に出て空を見よう。な？」

少しずつ上がり続ける子竜に、土にまみれながら必死で声をかけるヒューバードの耳に、白の女王が楽しそうに笑っている声が聞こえる。間違いなく、白の女王はヒューバードの目と耳を使って、この様子を見ているのだろう。

『元気な子だこと。その子はきっと足が大きくなるわね』

「ふざけている場合か、白！　お前も声をかけて外に誘導してくれ」

『そんな小さな子を誘導なんて、できないわ。青なら呼べるでしょうけど、きっと呼ぶだけであくまで子竜任せにするでしょうね。頑張ってね、ヒューバード』

完全に白の女王は他人事《ひとごと》のようにこの状況を楽しんでいる。ヒューバードは白の女王が頼れないとわかった瞬間、登る速度を上げ、とにかく子竜に追いつくことを優先した。

この穴の中は、ほとんど光を通すことはなかったが、時折石積みの壁があり、そこに穴が開けられていた。

おそらくここを出入り口にしていたのだろう。そこから漏れる光を頼りに道をたどり、子竜に追いついた。ようやく見つけたとき、その子竜はうれしそうにキョロキョロと見慣れない場所を見渡しており、さらに移動しようとする子竜の頭をぽんと押さえ、自由行動の終わりを子竜に伝えた。

「ほら。穴の中の散歩は終わりだ。下で親が呼んでいるだろう。頑張って下りるぞ？」

ギュー
いかにも、不満そうに声を上げる子竜に、苦笑して腕を差し出した。

「ほら、抱っこしてやるから下りよう」

基本的に子竜達は、飛ぶのが下手《へた》な間は高い場所に登りたがる。その高い場所は親竜の身体の上だったりするが、人を恐れない子竜達にとっては、人に抱き上げられるのも好むようだった。

あまり子竜を抱き上げるのは良くないだろうと青の竜の世話をしていたときにメリッサと相談していたのだ。

だがしかし、今は緊急事態である。好奇心に満ちた子竜を親竜の元へ連れて行くのを優先するためには、抱き上げて行くのが最良と判断した。

抱き上げられるのは竜騎士かメリッサというのは青の竜によって徹底されているためか、子竜達は二人が傍にいて抱き上げられる機会があると、悩むことなく抱き上げろとばかりに両手を掲げ、まっすぐな目で体を伸ばす。

ヒューバードは子竜を抱え、肩に乗せるようにしっかり体を持ち上げて支えた。

そして傍にあった石組みを蹴《け》り開け、広い寝屋の中に出ることができたのである。

ようやく外に繋《つな》がった場所は、上層の緑の竜の寝屋のようだった。部屋の主《あるじ》は散歩中なのか姿が見えないが、挨拶《あいさつ》もしていない竜の寝屋にいつまでもいるわけにはいかず、寝屋の外へと足を向ける。外に出ると、道らしい道もないが、降りるのに困ることはなさそうな程度の足場はあった。

キュアア！　キューア！

「ここは崖《がけ》の途中だから、あまり身を乗り出すなよ。さすがにこの高さから飛ぶ練習は、まだ親竜も認めないだろうからな」

キュア？

さすがに子竜でも竜は竜。どれだけ高い場所でも恐れるようなそぶりはないが、ヒューバードは子竜を落とさないように改めて抱き直す。

「さあ、親のところへ帰ろうな」

腕の中の子竜にそう告げて、崖下への道を進み始めた直後だった。

ギュアアァァア！

あきらかに、成体の竜の叫びが再びねぐらに響き渡る。

あわてて子竜を抱いたまま、全速力で駆け下りたヒューバードの視線の先に、寝屋の奥で穴に首の先が埋もれて角が引っかかり、抜けなくなってもがいている子竜がいた。その傍には、ここの穴を寝屋にしていたらしい緑の老竜が、もがく子竜をどうしたものかとオロオロと前足をさまよわせている。どうやら先ほどの叫びは、この老竜が上げたものだったらしい。周囲から、老竜達が揃《そろ》って中にいる子竜と老竜を見るために入り口に集まって中をのぞき込んでいるのが、常にない風景でヒューバードも頭を抱えてしまった。

ひとまず上から抱いてきた子竜を親竜に返し、すぐさま先ほどの老竜の寝屋に入り、壁を壊して子竜を穴から引っ張り出した。

子竜はきょとんと目を瞬《まばた》き、自分に起こったことがわからないとばかりにキョロキョロとあたりを見渡していたが、自分がヒューバードに抱き上げられていることを理解した途端に、うれしそうにパタパタと羽を動かした。

その背後では、つい先ほどヒューバードに抱えられたまま、全速力で移動することになった子竜が、ヒューバードの背中をキラキラした眼差《まなざ》しで見つめていた。

その子竜の傍に、わくわくと楽しそうな表情の子竜達が集まってくる。

何やらこそこそと頭を突き合わせて話をしている子竜達の様子に気づかないまま、ヒューバードはようやく穴を抜け出した子竜の体から土ぼこりを払い、怪我《けが》をしていないかを確認した。

「痛むところはないか？　もう、確認していない穴に顔を突っ込んじゃ駄目だぞ。穴を見つけたら、親竜に言うんだ。いいな？」

ギュー

ふてくされたような鳴き声で答えた大きな子竜を抱き上げたまま、先ほど叫んだ緑の老竜の元へ子竜を連れて行ったその次の瞬間。

その寝屋の入り口で顔を突き合わせ、何やらキューキューと小さな声で話していたらしい子竜達が揃ってヒューバードの方に顔を向け、ワクワクした表情で見つめた。そして一斉に蜘蛛《くも》の子を散らすように、四方へと散っていった。

「……は？」

呆然《ぼうぜん》とそれを見ていることしかできなかったヒューバードは、すべての子竜達の姿が見えなくなったとき、ようやくといったふうに周囲に視線を巡らせた。

となりにいた緑の老竜も、つい先ほど子竜を渡した親竜も、それぞれの子竜達の親竜達も、みんな同じ、愕然《がくぜん》とした表情で子竜達が散っていった方角を見ていた。

「……は？」

間違いなく、親竜達も老竜達も、ヒューバードと同じように『は？』と心の底から思っていたに違いない。

その様子を見ていて余裕でいた者など誰《だれ》もいない。そう思っていたヒューバードの耳に、平然とした声が聞こえる。

『あらあら、みんな元気だこと。みんなあなたに見つけて欲しいみたいよ、ヒューバード。さっき、抱かれたまま駆け下りるのが楽しかったみたい。頑張ってね』

「……はぁ!?」

場違いと言えるほどに落ち着いた白の女王の言葉に、ヒューバードは竜の傍だというのに声を抑えることなく腹の底から異議を訴える声を上げたのだった。

その日、夕方にいつものように帰宅したヒューバードの姿を見て、メリッサは首をかしげていた。

辺境伯のヒューバードは、現在一番急ぎの仕事である、竜のねぐらの補修作業の準備にかかりきりになっていた。

家についてはメリッサもいるし、青の竜がメリッサとともにいるため問題ないとなり、ここしばらくずっとねぐらに通い詰めているのだ。

毎日、一人での作業は大変だろうが、現在殺気立っている竜達が、自分達のねぐらに招き入れるのは、竜騎士とメリッサぐらいなのだ。そうなると、ねぐらに行っても自由に動き回れるわけではないメリッサがついて行っても、何ができるわけでもない。

そんなわけで毎日ヒューバードを送り出して出迎えるメリッサの目に、今日のヒューバードは丸一日全速力で飛んで王都と往復したとき以上の疲労が見える。

あきらかに、ぐったりしていたのだ。

「お帰りなさい、あなた。……あの、大丈夫ですか？」

「……ああ。ただいま、メリッサ」

白の女王から降りたヒューバードは、出迎えたメリッサをぎゅっと抱きしめ、首筋に顔を埋めた。

「……疲れた」

日頃《ひごろ》から、疲労が強くなるとメリッサに触れて疲労回復するヒューバードだが、ここまで取り繕うことなく疲労をあらわにしていたことはない。

ヒューバードの疲労回復方法を受け入れていたメリッサは、素直にそれを受け入れながら問いかけた。

「どうなさったんですか？　もしかして、まだ密猟者でもいましたか？」

ヒューバードの疲労の理由がとっさに思いつかず、問いかけたメリッサに、ヒューバードは疲労の色の濃い声でつぶやくように告げた。

「子竜が……新しい遊びを覚えてしまった」

覚えてしまった、という言葉に、メリッサは疑問もあらわな表情で首をかしげた。

「なんだか、そのお言葉だと、あまり覚えて欲しくなかった遊び方なんでしょうか？」

その問いかけに、ヒューバードはようやくメリッサの首筋から顔を上げ、うつろな眼差しで答えを口にした。

「例の穴に、子竜が気づいてしまった」

メリッサは、その言葉に、ぴたりと固まった。この辺境に生きる人々の中で、最も子竜達の身近な人間といえるのはメリッサだろう。生まれてすぐから他《ほか》でもない親竜によってその子竜を紹介されていたため、その性格や行動まで、しっかり理解していた。

ひとまず、疲労でメリッサにすがりつくようにして立っていたヒューバードを休ませるため、私室に入ってソファに横たわらせ、膝枕《ひざまくら》をしながらヒューバードに起こってしまったことについての話を聞いた。

それを聞き終えると、メリッサは表情を引きつらせ、思わず口元を手で覆う。

「……子竜達、穴に入り込んじゃいましたか。親竜達は大丈夫でしたか？」

「親竜どころか、成体の竜達はみんな右往左往するハメになった……」

今日、ねぐらで子竜達が見つけた穴は八カ所。

最初に見つけた琥珀の子竜が、他の子竜たちに伝えて以降、四方に散って下層の壁に体当たりを繰り返し、穴が開いたところに手を突っ込み頭を突っ込み、体が入れば近くにいた成体の竜が大騒ぎ。

子竜達の一大事だと成体の竜達が頼ったのは、当然ながらその場にいるヒューバードだった。

「それじゃあ、上から下まで、何往復もすることになったんですか……」

子竜達は、よほどねぐらの上からの景色を気に入ったらしい。上に登れる道を見つけると、一目散に登っていった。

現在、竜達の視線に入らない場所で、崖の上にある穴の入り口に関しては、辺境警備隊の一部隊が作業にあたってくれている。見つけた穴は随時調査し、ある程度深い穴に関しては目印を立ててヒューバードの確認待ちとし、確認が終わり次第穴埋めをしているような状況なのだ。

今日子竜達が飛び込んでいた穴は、幸いにも部隊で調査していた場所とは離れていた。

だが……。

「最後に、一番やんちゃな緑の子竜が、崖の上まで到達してしまってな……。警備の兵士と顔を合わせることになった」

「あらら……」

それは子竜達を宝として育てている老竜をはじめとした成体の竜達は、揃って大慌てになったことだろう。

「……親竜達は、子竜を助けてくれ、連れてきてくれと一斉に私に頼んでくるし、子竜達は揃ってもっと冒険すると下層に降りた瞬間にまた走って行くしで……止めようはないし二頭に全く別の方向に走って行かれてしまうと一人ではどうしようもないしで……」

そして結果、先ほどの帰宅したときの状況というわけらしい。

「メリッサ……すまないが、明日《あす》からは子供達と成体の竜達を落ち着かせるために、竜のねぐらに一緒に行ってくれないか？」

メリッサに膝枕をされながら、希《こいねが》うように見つめるヒューバードの様子は、常にないほど切羽詰まっているように感じていた。

さすがに四方八方に散っていく子竜達を一人で追いかけるのは、いくら優秀な竜騎士でも不可能だろう。

「せめて壁に突撃しないように青と一緒に見張っていてくれるととても助かるんだが……」

その懇願を聞いたメリッサは、にっこり微笑み、一も二もなく引き受けた。

「この間から、青の寝屋を模様替えしようと思っていたんです。青の寝屋飾りを作りながら、子竜達の世話をして、みんなが穴を探しに行かないように足止めしておけばいいんですよね？」

「ああ。……頼めるかな？」

ヒューバードが本当に困っているのがよくわかる。そして、困った夫を自分が助けることができるようになったことがうれしいと思う。

　メリッサにとって、ヒューバードは常に自分を守ってくれる守護者のような人だ。幼い頃から、困ったことが起こるたびにヒューバードを探して回り、すがりついていた。

「はい！　お任せください」

　今こそ、自分が役に立つときである。自信を持ってそう考えたメリッサは、一も二もなく手を挙げた。

　その迷いのない笑顔を見て、ヒューバードが安堵《あんど》したように微笑んだ。

「メリッサのおかげで、子竜達もずいぶん人に懐いたな。今日、子竜達に、抱っこをせがまれたよ」

「あの子達は、本当に生まれてすぐから人が傍にいましたからね。……やはり、成体になった青が、人の親を持っていることが理由でしょうか。もしそうだとしたら、その信頼にきちんと応《こた》えなければいけませんね」

　ヒューバードの顔を笑顔でのぞき込みながら、気負うことなくそう口にしたメリッサの顔を、手を伸ばして引き寄せたヒューバードは、下からメリッサに口づけると、うれしそうにその頬《ほお》を撫《な》でた。

「メリッサがここに来てくれるまで、こんなに人と竜との距離が近付くとは、考えていなかったな。……私は竜達に守り、育ててもらった自覚があるが、私達の子供は、それこそ竜の一員として育つことになりそうだ」

ヒューバードが、膝《ひざ》の上からメリッサの髪に指を絡ませ微笑んでいる。

メリッサは、そのあまりにも幸せそうな様子に、若干照れながらも、微笑み返した。

「それはそうですよ。だってその子は、間違いなく青の兄弟《きょうだい》になるんですから。きっと、男の子でも女の子でも、今いる子竜達くらい元気いっぱいにねぐらを駆け回りますよ」

メリッサがそう告げた瞬間、ヒューバードは幸せそうだった笑顔のまま、固まっていた。

「……人間の子供は、さすがに竜より足は遅いはずだ。うん……」

それなら、竜騎士であるヒューバードが追いつけないはずがない。

だが、その希望的観測は早々にメリッサの言葉で暗雲が立ちこめた。

「その分、狭い場所をくぐって逃げられますから、探すのは難しそうですが……」

人の子には、狭いところに逃げるときに邪魔になる羽がない。狭い道だの、今現在子竜達が大冒険しているあの密猟者の穴だのは、絶好の逃げ道となるだろう。

「……メリッサに似た子になるといい。うん。男でも女でも、芯《しん》が強くていい子になるだろう」

若干遠い目になったヒューバードは、どうやら己の幼少期の出来事について思いをはせたらしい。

そんなヒューバードを見ながら、メリッサは幼いヒューバードの話を、彼の乳母であるヘレンに聞かせてもらおうと心に決めた。

きっと、お茶菓子代わりに楽しく語ってくれるだろうその内容を楽しみにしようと思う。

「ヒューバード様、私はヒューバード様に似た子も欲しいんです。頑張ってねぐらの穴を塞《ふさ》ぎましょうね！」

「そうだな、頑張って、逃げ道を少なくしておけば、捕まえやすいかな」

メリッサの満面の笑みを見たヒューバードは、苦笑しながらそうつぶやき、指に絡みついたメリッサの髪に口づけたのだった。

了

あとがき

この作品をお手にとっていただきありがとうございます。織川あさぎです。

今回、この本のお届けが遅くなり、申し訳ありません。

本文は改稿まで終わっていたので油断していましたが、まだまだやることがありました。病院で暢気に寝ている場合ではなかったです。

それではここからはいつもの謝辞を。

いつもご迷惑をおかけしている担当様。そしてお忙しい中、素敵な絵を仕上げてくださる伊藤明十様。並びに、この本の出版に関わるすべての方々。そしてこの本をお手にとってくださるすべての方々にお礼申し上げます。

この本を、少しでも楽しんでいただけたら幸いです。

新しい物語もよろしくおねがいします。

織川あさぎ

竜《りゅう》騎《き》士《し》のお気《き》に入《い》り10
竜《りゅう》の祈《いの》りと旅立《たびだ》ちの空《そら》　特装版《とくそうばん》

2024年1月1日　初版発行

著　者■織川あさぎ

発行者■野内雅宏

発行所■株式会社一迅社
〒160-0022
東京都新宿区新宿3-1-13
京王新宿追分ビル5F
電話03-5312-7432(編集)
電話03-5312-6150(販売)

発売元：株式会社講談社
(講談社・一迅社)

印刷所・製本■大日本印刷株式会社

ＤＴＰ■株式会社三協美術

装　幀■今村奈緒美

ISBN978-4-7580-9492-4

●この作品はフィクションです。実際の人物・団体・事件などには関係ありません。

この本を読んでのご意見
ご感想などをお寄せください。

おたよりの宛て先

〒160-0022
東京都新宿区新宿3-1-13
京王新宿追分ビル5F
株式会社一迅社　ノベル編集部
織川《おりかわ》あさぎ 先生・伊《い》藤《とう》明《あき》十《と》 先生